UNE NUIT QUI CHANGE TOUT

UNE NOVELLA HEART FALLS

VIVIAN AREND

Traduction par
MYRIAM ABBAS

Rose's One Night to Forever / Une nuit qui change tout
Copyright © 2025 par Arend Publishing Inc.
e-Book ISBN : 978-1-998508-39-6
Broché ISBN: 978-1-998508-40-2
Correction de la version originale par Angie Ramey
Relecture de la version originale par Linda Levy
Traduit par Myriam Abbas et Valentin Translation
Conception de la couverture © Damonza

1

———

Avril, ranch de Red Boot

Chance Gabrielle était fatigué de vivre avec ses valises.

Il suivit le GPS de sa voiture de location et prit le virage sur l'allée rurale. Une scène bucolique sortie d'un film de western l'attendait lorsqu'il s'arrêta sur le grand parking devant un petit chalet. Un parmi la douzaine éparpillée aux alentours.

Il sortit et fut assailli par l'air frais et l'odeur de l'après-midi printanier. Les montagnes au loin portaient encore de la neige, mais les champs autour de lui étaient pour la plupart dégagés. Des champs entiers d'herbe brune se déroulaient vers le paysage vallonné émaillé de pins de tailles variées.

Le paysage était charmant. Il offrait un genre de beauté qui lui rappelait sa terre natale d'Irlande et pourtant celle-ci avait quelque chose de plus frais, de plus jeune, une terre dont Chance pouvait déjà sentir qu'elle convenait à la perfection à l'homme qu'il appelait *son frère*.

Malgré le peu d'années qu'ils avaient passé ensemble avant que Chance ne soit adulte et déménage, cela avait toujours été clair. Son petit frère, Cody, était un homme de la terre, enthousiaste à l'idée de travailler avec ses mains.

La carrière de Chance était peut-être moins physique, mais elle aussi était pleine de vie et de goût pour la beauté. Avec un peu de chance, Heart Falls l'inspirerait et lui conviendrait aussi bien qu'à son frère.

Il se détourna du panorama majestueux et monta les marches du chalet.

Avant même qu'il n'ait frappé, la porte s'ouvrit et un homme grand, habillé d'un jean, de bottes et d'un chapeau de cow-boy, s'arrêta net dans l'encadrement de la porte.

L'expression de son demi-frère passa rapidement de la surprise à la confusion avant d'opter pour une joie complète.

— Chance ! Nom d'un *chien*... tu es vraiment là.

— Vraiment, acquiesça Chance, un sourire spontané. Mon Dieu, regarde-toi.

Cody le saisit, l'étreignit vigoureusement et lui tapa dans le dos avec enthousiasme.

— Je ne savais pas que tu venais. Est-ce que j'ai raté un e-mail ?

— Non, je ne t'ai pas prévenu parce que je n'étais pas sûr de réussir.

Chance recula et attrapa Cody par les épaules. Les yeux de son frère brillaient, la peau habituellement pâle de son visage et de ses mains était bronzée alors qu'il venait de traverser l'hiver. Un épanouissement serein se lisait dans sa contenance détendue. Il avait belle allure.

— Je n'ai pas beaucoup de temps, continua-t-il, mais je voulais voir de mes propres yeux que tu étais toujours en vie.

— Je te l'aurais dit, sinon, assura Cody avec une touche

d'humour tordu. Je serais revenu comme fantôme, ou je serais apparu dans une de tes peintures oniriques.

Chance avait mille choses à partager, mais le bref regard de son frère sur sa montre l'avertit qu'une conversation prolongée n'était pas au programme.

— Je t'ai surpris, et je t'empêche d'aller remplir tes devoirs. Tu pourras faire une pause plus tard pour qu'on discute ?

— Combien de temps penses-tu rester ? demanda Cody.

— Je retourne en Irlande demain, avec un séjour d'une semaine en Allemagne d'abord. Mon vol est à 16 h.

Un rire moqueur échappa à son frère.

— Ce n'est pas une visite, c'est un survol.

— Tout à fait, acquiesça Chance. Mais je devais tenter ma chance.

Cody inspira profondément, puis fit un geste vers les transats devant le chalet.

— Laisse-moi contacter ma boss pour lui dire que je serai en retard. Ça ne la dérangera pas, mais j'ai une évaluation de site dans une heure avec un inspecteur, et c'est chiant à programmer. Je dois y aller.

— Nous aurons le temps, promit Chance.

— Demain matin, tout du moins.

Chance attendit pendant que Cody passait l'appel, saisissant l'occasion d'admirer non seulement le paysage, mais aussi combien son frère s'y fondait. Il avait l'air parfaitement chez lui.

Un vif accès de jalousie le saisi avant d'être aussitôt maté. Chance ne voulait que le meilleur pour sa famille. Errer dans le monde et vivre séparé d'eux avait été son choix.

La décision de changer d'avis lui appartenait aussi.

Cody s'installa sur l'autre chaise longue.

— Parle vite, taquina-t-il son frère avant de reprendre son sérieux. C'est bon de te voir. Sérieusement.

— Je t'aurais bien prévenu, dit Chance, mais j'avais trois rendez-vous moi-même. La dernière galerie a heureusement décidé que j'étais à un pas d'être Dieu lui-même et n'a pas demandé un seul changement sur mon projet. Ce qui voulait dire que, au lieu de finir demain en ayant à peine le temps d'aller à l'aéroport, j'avais une soirée de libre.

— Je suis content que tu sois venu. Juste frustré que ce soit un des seuls jours où je suis absolument surbooké, dit Cody en secouant la tête. Alors dis-moi... l'exposition à Calgary. Est-ce que tu pourras rester plus longtemps quand elle aura lieu ? Je suppose que tu organises toujours des présentations pour tes déesses sophistiquées de l'art et tout le tremblement ?

— Oui, mais j'ai d'autres projets aussi, répondit Chance en se penchant en avant, les coudes sur les genoux. Je déménage.

— Intéressant. Londres ? Berlin ? demanda Cody en penchant la tête. New York ?

— Heart Falls.

Cody toussa et fronça les sourcils.

— Tu te fiches de moi !

Seigneur.

— Tes expressions me font toujours rire. Non, frangin, *je ne me paie pas ta tête*, comme on dirait en Irlande.

Chance marqua une pause pour laisser échapper un éclat de rire.

— Mon Dieu, quelle mine tu fais ! ajouta-t-il.

— Tu es plein de surprises aujourd'hui. Tu déménages à Heart Falls, dit Cody en regardant autour de lui avant de reporter son attention sur Chance. Est-ce que tu m'as attiré dans une de tes peintures oniriques ? Est-ce que nous vivons à la lisière de la réalité, entourés des mythes et légendes de l'Irlande antique ?

— Je te dis que je veux revenir au Canada et être plus près de toi, et tu penses que je te charrie ? demanda Chance avant de secouer la tête. Tu ne sais pas combien j'ai hâte que ce changement se réalise.

Cody hocha la tête.

— OK. Je ne voulais pas te donner l'impression que ta présence n'était pas désirée. Mais je suis surpris. Je ne m'y attendais pas, mais t'avoir ici sera super.

— Je t'en dirai plus quand je le découvrirai moi-même. En attendant, dis-moi ce que tu deviens. Et montre-moi ton canapé, pour que j'aie un endroit où dormir ce soir.

Son frère se leva et lança un coup d'œil à sa montre.

— Je peux faire mieux que le canapé. Tu peux avoir ton propre chalet pour la nuit. Je sais qu'ils ne sont pas tous réservés en ce moment.

Cody mena Chance à un chalet quelques portes plus loin, et lui indiqua les principales zones du ranch pendant qu'ils marchaient. Discuter faisait du bien.

Ils s'envoyaient des e-mails et des messages à l'occasion, mais vivre sur des continents différents avait rendu la communication plus imprévisible ces dernières années. Les échanges quotidiens dont ils avaient profité quand ils étaient jeunes manquaient à Chance.

— Je vais essayer de me libérer pour le dîner, avança Cody, mais, comme je te l'ai dit, c'est l'enfer aujourd'hui. Je travaille l'après-midi et en soirée, et je suis d'astreinte ce soir.

— Oh, ne t'en fais pas, dit Chance. Mais je vais avoir besoin d'une suggestion pour le dîner.

Quinze minutes plus tard, après quelques autres échanges et explications rapides, Cody était parti.

Une satisfaction amusée gagna Chance. Tout allait fonctionner à merveille. Il mit les mains dans les poches et partit se promener. Flâner dans le lieu que son frère appelait son chez-lui.

Ses souvenirs se tournèrent vers le passé. Ils avaient eu

quelques moments difficiles juste après que le père de Chance était tombé amoureux de la mère de Cody – une rencontre en ligne, parmi une foule de possibles – et avait réuni les deux garçons en une seule famille. Surtout parce qu'à cette époque-là, leur différence d'âge impliquait que Cody suivait Chance comme un chiot enthousiaste.

Chance s'était plus intéressé à l'exploration adolescente de son nouveau foyer canadien à Toronto, et avoir un gamin de onze ans qui suppliait pour l'accompagner dans ses rencards n'était pas au programme d'un jeune de seize ans.

Malgré tout, ils avaient tous deux grandi, et ils étaient devenus une famille solide. Les années depuis lors avaient été synonymes de changements, bons pour la plupart, mais maintenant il était temps de passer à la suite.

Son estomac gronda. Chance s'habilla de manière aussi décontractée que possible avec les tenues qu'il avait emportées. Il laissa de côté le manteau et la cravate de son costume, enfila une veste légère, puis se rendit en ville.

C'ÉTAIT ENTIÈREMENT la faute de sa sœur.

Rose Fields leva sa bouteille de bière et but pendant qu'elle jetait un autre coup d'œil à la piste de danse, examinant ses options.

OK, peut-être que sa présence dans le bar de sa ville natale pour reluquer des hommes n'était pas *spécifiquement* la faute de Tansy, mais après vingt ans à être des sœurs par adoption, rendre l'autre responsable de péchés imaginaires était plus qu'une habitude. C'était...

Eh bien, la famille, supposa Rose.

Un beau cow-boy s'approcha, souriant d'un air nettement approbateur en l'examinant.

— Hé, chérie. Tu veux faire un tour de manège ?

Tommy était un super danseur, et habituellement elle aurait été ravie de dire oui. Mais il travaillait au ranch de Silver Stone, ce qui voulait dire qu'il ne convenait pas du tout pour le programme de ce soir. Trop familier, trop local.

Trop déconseillé pour un coup d'un soir.

Rose secoua la tête et leva sa bouteille.

— Je viens de commencer ma bière. Je t'appellerai tout à l'heure.

Il lui lança un clin d'œil.

— Bien sûr, ma belle.

Le rythme entraînant de la musique résonnait autour d'elle. Il emplissait ses oreilles et la faisait taper du pied. Alors même qu'elle examinait la foule à la recherche de quelqu'un d'approprié, ses pensées retournèrent à la raison pour laquelle elle était au Rough Cut toute seule.

La Soirée Entre Filles Qui A Mal Tourné.

OK, peut-être que l'appeler comme ça était exagéré, mais lorsque le groupe d'amies s'était réduit à sa sœur Tansy, deux autres et elle-même seulement, ces fichus aveux étaient sortis. Trois semaines plus tard, et Rose s'en voulait de ne pas pouvoir oublier cette conversation. Durant laquelle les autres femmes dans la pièce avaient toutes avoué être déchaînées et spontanées, à la recherche du plaisir, qu'elles avaient trouvé dans une nuit sensuelle.

Ce n'est pas une chose que tu es obligée de faire, mais si tu en as envie et que l'occasion se présente, pourquoi pas ?

Le commentaire de son amie Petra lui revint brutalement.

Rose avait profité d'une enfance heureuse et stable. Ses parents adoptifs étaient solides comme le roc, et ses trois sœurs étaient en or. Ajoutez à cela le magasin et le café qu'elle possédait avec Tansy, et elle avait presque tout ce dont elle avait toujours rêvé.

Pourquoi avait-elle toujours l'impression que la plus légère erreur risquait de tout faire disparaître en un instant ? Elle devait arrêter de vivre aussi sagement. Elle voulait rechercher activement des aventures et voir ce qui pourrait se passer.

Voilà pourquoi elle se trouvait au Rough Cut, à essayer d'ouvrir la porte des opportunités. Ça ne la dérangerait pas de trouver un bel inconnu à emmener faire un tour.

Pour ainsi dire.

Une chose était certaine. Si elle prévoyait de draguer un inconnu dans leur petite ville, ça n'allait pas être sous l'œil vigilant de sa sœur. Ni de ses amies. Ni de... *qui que ce soit.* Aussi était-elle venue au Rough Cut ce soir-là, quand Tansy était occupée, ainsi que toutes ses autres amies.

Pourtant elle devait agir prudemment, ce qui signifiait le dire à quelqu'un.

Petra. Petra était parfaite. C'était la plus jeune sœur d'un des ranchers du coin, et elle ne vivait pas à Heart Falls, elle leur rendait simplement visite souvent. Assez souvent pour être devenue une habituée de leurs soirées entre filles, y compris la plus récente qui hantait encore Rose.

Après une merveilleuse visite où elle avait passé du temps avec sa famille, Rose et les autres, Petra était rentrée chez elle dans le Manitoba deux semaines plus tôt. Suffisamment loin pour que Rose n'ait pas à craindre qu'elle se pointe pour intervenir, mais suffisamment connectée pour que de l'aide soit envoyée bien vite si Rose envoyait un SOS.

Décidée, elle envoya un message à son amie.

> Rose : Pour info, tu es mon contact d'urgence ce soir. Je t'enverrai un message vers minuit. Et si nécessaire un autre demain matin pour te faire savoir que je suis en sécurité.

Moins d'une minute plus tard, une réponse arriva.

Petra : OK. Tu veux me dire ce que tu fais ?

Rose : Je vais avoir un coup d'un soir.

Petra : Oh, vraiment ? Quelqu'un a attiré ton regard, pour en faire une priorité urgente ?

Rose n'allait pas expliquer tout son programme par texto. Elle détourna son attention de son téléphone pour réfléchir à la meilleure réponse, puis les gens s'écartèrent et les lumières au-dessus d'eux brillèrent comme un projecteur pour atterrir sur un homme grand et superbe, et tout disparut en dehors de lui.

Il avait des épaules larges, mais était mince. Moins baraqué que la plupart des cow-boys qu'elle connaissait, il avait quand même l'air suffisamment solide pour avoir du muscle et de la force à tous les bons endroits. Plus grand qu'elle, mais pas dominateur. Pas de chapeau de cow-boy, mais des cheveux bruns bien coupés dans lesquels Rose avait soudain l'envie de passer les doigts pour les ébouriffer un peu. Il se tenait les épaules droites et le menton levé, et alors qu'il se tournait vers elle, Rose se retrouva à retenir son souffle.

Son regard erra sur la foule puis se posa sur elle, et elle aurait juré qu'un éclair l'avait frappée.

Ses yeux verts étaient intenses, mais des pattes d'oie à chaque coin se creusèrent lorsque ses lèvres s'incurvèrent en un sourire. La peau pâle de son visage était assombrie par un début de barbe. L'admiration grandit lorsqu'il parcourut rapidement du regard. Il ne la matait pas, c'était l'appréciation honnête d'un mec, et Rose cocha une autre case sur sa liste des *qualités qu'il doit avoir pour que je saute le pas*.

Il s'avança vers elle en se faufilant à travers la foule.

Rose termina rapidement son message à Petra, contente de pouvoir être succincte et sincère.

Rose : Oui.

2

____

Rose avait à peine rangé son téléphone que des chaussures de ville cirées apparurent.

— Bonsoir.

Une trace du plus léger des accents colorait ce mot.

— Voudriez-vous danser ? demanda-t-il.

— Avec grand plaisir.

Rose accepta la main qu'il lui tendit.

Le rythme rapide du two-step sur lequel il la fit tourner ne la laissa pas poser de questions. Elle se concentra pour apprécier le mouvement des muscles de son épaule sous ses doigts, pendant qu'il la guidait sans heurts sur la piste, la musique résonnant autour d'eux. Elle se tint à lui et profita de la sensation d'être menée par un danseur expert.

Lorsque la troisième danse passa au rythme d'une ballade, il ajusta sa prise ferme pour la tenir plus tendrement. Il posa la main à plat au creux de son dos et la douce caresse suffit à déclencher de nouveaux éclairs.

Son regard amusé dansait sur le visage de Rose.

— Vous m'avez coupé le souffle. Comment vous appelez-vous ?

— Rose.

Son grand sourire redoubla.

— Ça vous va bien. Je m'appelle Chance. Ravi de vous rencontrer.

Le fait qu'il ne commence pas à réciter *Roméo et Juliette* après avoir entendu son prénom était un autre plus sur la liste.

Personne ne devrait citer aucune réplique de *cette* histoire pour essayer de draguer une femme.

— Vous avez un accent incroyable.

Rose lui caressa les épaules et regarda ses pupilles se dilater entre deux pas chaloupés.

— Est-ce que vous êtes en voyage ? demanda-t-elle.

— Je viens d'Irlande. Je voyage pour le travail. Des ateliers d'art, des galeries. Ce genre de choses. Et vous ?

Elle se dit en passant qu'un homme qui travaillait avec des galeries d'art n'était pas candidat pour emménager à Heart Falls. Ce qui voulait dire que sa réaction à la réponse qui allait suivre était le dernier test.

— Je possède un magasin de fleurs.

Une lueur apparut dans son regard. Il hocha la tête, puis la fit tournoyer. Lorsqu'elle revint dans ses bras, il l'attira encore plus près de lui.

— Impressionnant. C'est une forme d'art en soi.

Chaque centimètre musclé de son corps était pressé contre le sien. Il n'avait pas fait de commentaire sarcastique sur Rose qui vendait des roses. Il savait danser. Il savait *bouger*.

Il avait une odeur incroyable. Qui cochait une autre case sur sa liste.

Rose lança ses cheveux sur son épaule et se concentra directement sur ses yeux.

— Tu veux m'embrasser ?

Elle vit un nouvel éclair de passion dans son regard.

— Plus que tout, répondit-il avant de regarder autour de lui. Ici ? Maintenant ? Bien, mais un peu d'intimité ne me dérangerait pas non plus.

Partagée entre l'envie de faire fi de toute prudence et celle de profiter de l'instant, Rose décida qu'une bande d'anciens partenaires de danse qui viendrait à sa rescousse risquait de jeter un froid sur ses projets pour la soirée.

— Viens avec moi.

Elle l'attrapa par la main et joua le tout pour le tout. Son coup d'un soir impulsif commençait officiellement maintenant.

CETTE FEMME incroyable qui soumettait actuellement Chance Gabrielle à la tentation n'était pas au programme, mais ce sont des moments pareils qui rendaient la vie excitante et originale.

À l'instant où il l'avait remarquée à l'autre bout de la salle, une impression de justesse absolue l'avait envahi. Son demi-frère avait peut-être taquiné Chance en lui disant qu'il habitait dans un monde onirique, consumé par l'art dont il s'entourait, pourtant cela ressemblait à un exemple parfait de rêve devenu réalité. Comme si cette soirée, et davantage, devait simplement exister.

La destinée ? Le sort ? Un être bienveillant qui lui offrait ce qu'il avait toujours ardemment désiré ?

Ce n'était pas seulement qu'elle était ravissante et l'attirait physiquement... même si c'était vraiment le cas. Elle avait une peau hâlée qui luisait sous la lumière dorée du pub, des cheveux bruns et lisses le long de son dos qui se balançaient lorsqu'elle tournait la tête pour examiner la salle. Un corps grand et mince qui ondulait et suppliait qu'un homme l'explore minutieusement pendant qu'il la menait à l'extase.

Mais ses yeux... C'était pour eux que ses pieds l'avaient tout seuls conduit vers elle. Marron, profonds et brillants d'intelligence. Si captivants que Chance avait décidé à ce moment-là qu'il ne partirait pas sans en découvrir plus.

Il avait pensé que *plus* impliquerait quelques danses et qu'il lui demanderait son numéro pour pouvoir l'appeler quand il reviendrait à Heart Falls en été. Être près de Cody était un objectif. Avoir quelqu'un comme Rose avec qui passer du temps à l'avenir ?

Cette pensée était plus que motivante.

Mais elle semblait avoir davantage derrière la tête que quelques danses et un échange de numéros. Il n'allait certainement pas contredire une décision prise par une femme.

Il lui tint la main et la suivit alors qu'elle s'éloignait de la piste de danse vers un coin sombre de la salle.

Ce n'était toujours pas son endroit préféré pour que des démonstrations plus physiques, mais il aurait plus de chances de la convaincre de le suivre à sa piaule temporaire au ranch de Red Boot après quelques baisers.

Sûr de lui ? Et comment ! Il allait sortir le grand jeu.

Lorsqu'elle marqua une pause, il tendit la main vers elle, puis s'immobilisa quand elle ouvrit une porte presque invisible et s'y glissa, lui faisant signe de la suivre.

Dès qu'elle eut fermé la porte, Chance observa autour de lui. Ils se tinrent brièvement sur le petit palier sous une lumière jaune pâle avant qu'elle ne le mène dans un escalier étroit le long du mur extérieur du bâtiment.

Soudain, tout prenait sens.

— Ces bâtiments sont tous reliés, n'est-ce pas ?

Il avait remarqué l'agencement à l'ancienne pendant qu'il prenait son dîner dans l'excellent restaurant coréen de l'autre côté de la rue.

— Toutes les devantures le long de la promenade en bois du centre-ville de Heart Falls sont reliées. Et il y a des logements au-dessus...

Rose poussa une porte et l'attira derrière elle. Un instant plus tard, elle empoignait sa chemise et l'attirait à elle.

— Plus tard, les découvertes architecturales.

Bien vu. Chance sourit en regardant ses lèvres. Il prit son visage entre ses mains et se rapprocha.

— Maintenant ce sont les baisers, non ?

— Oui.

Elle avait parlé d'une voix haletante. Mains à plat, elle lissa sa chemise, la chaleur grimpant entre eux.

— Oui, vraiment, ajouta-t-elle.

Il saisit le dernier mot avec ses lèvres.

L'envie de plonger et de la posséder était puissante, mais la charmante fée que les dieux lui avaient offerte méritait mieux. Il reprit son sang-froid et ralentit pour la séduire.

Doux, délicat. Ses mains effleuraient la peau de Rose, dans un contact presque imperceptible. Mystérieuse et mutine, une caresse soyeuse lui picotait le bout des doigts alors que l'excitation courait le long de son échine.

Elle lui offrit sa bouche, douce et veloutée, en un ardent baiser alors qu'il lui penchait la tête sur le côté et glissait une langue taquine entre ses lèvres. La vague de plaisir qui le submergea en la goûtant ne l'étonna pas. C'était comme s'il avait attendu une éternité que ce moment arrive, qu'arrive quelque chose – non, *quelqu'un* – dont il avait connu l'existence mais n'avait pu que rêver de rencontrer un jour.

Ramenant sa main gauche, il caressa sa joue lisse et chaude

du pouce. Un frisson s'empara d'elle lorsqu'il passa les doigts dans les mèches soyeuses de ses cheveux pour lui tenir avec précaution l'arrière de la tête.

Il la garda contre lui, sa main droite descendant vers le bas du dos de Rose, et il pressa le haut de leurs corps l'un contre l'autre. Pendant tout ce temps, il l'embrassait, la goûtait, apprenait comment la faire gémir.

Le contact entre leurs lèvres était addictif. La sensation de ses mains courant sur son torse plaça la barre plus haut et le fit trembler à son tour.

Lorsqu'elle mit les ongles sur son dos et le griffa lentement, à travers sa chemise, il rompit le contact entre leurs lèvres avec un hoquet.

— Seigneur. J'en veux plus.

— Bien. Allons-y pour plus.

Le sourire sur les lèvres de Rose était légèrement satisfait – pour une raison ou une autre, mais il s'en fichait.

Chance lança un coup d'œil dans la pièce dans laquelle elle l'avait entraîné. Ce n'était pas un logement mais une sorte d'entrepôt. Des étagères recouvraient deux murs, et des tables étaient disposées ici et là, toutes visibles dans la lueur pâle du réverbère placé directement devant la fenêtre. Une très légère couche de poussière recouvrait le sol, si bien qu'il s'interrogea sur la propreté des fauteuils rembourrés dans le coin.

Ce n'était pas l'endroit qu'il aurait choisi pour entendre chanter de plaisir cette femme.

Il lui caressa les cheveux et croisa son regard, parlant d'une voix grave et comme enrouée qui montrait combien il était excité.

— Viens dans ma chambre. J'ai un chalet pour la nuit au ranch de Red Boot.

Il aurait pu jurer qu'une lueur d'intérêt s'était lue dans ses yeux quand il avait commencé à parler, mais la mention du ranch l'avait fait disparaître.

Rose leva la main et lui caressa les lèvres des doigts.

— Ici c'est bien. Nous pouvons être créatifs.

Être *créatif* était possible. Même si tôt ou tard, une fois qu'il serait de retour à Heart Falls pour de bon, un long moment avec Rose dans son lit était vraiment prévu. Plusieurs fois. Sans compter ce que l'avenir pouvait leur réserver d'autre.

Il s'adossa au mur derrière lui.

— Soyons créatifs.

Avec Rose entre ses jambes, il changea de position pour se libérer les mains et s'occuper des boutons de son chemisier.

Elle avait les joues rouges, et lorsqu'il défit le deuxième bouton, elle passa la langue sur ses lèvres et son regard se posa sur sa bouche.

— J'aime bien la manière dont tu embrasses, avoua-t-elle.

— Je prévois de t'embrasser à beaucoup d'autres endroits avant que nous ayons terminé.

Il avait ouvert le dernier bouton et prenait désormais une inspiration profonde et élogieuse. Lorsqu'il retira le chemisier bleu clair, il découvrit une peau baignée de lumière. Le soutien-gorge qui englobait ses seins fermes était aussi en dentelle bleu pâle, et laissait entrevoir sa peau délicieuse avec le charme des jeux de lumières pris dans un feuillage.

— Magnifique.

Il lança un coup d'œil sur le côté, heureux de voir une chaise à portée de main. Il retira le chemisier de Rose de ses épaules, se pencha pour lui embrasser le cou et descendre plus bas pendant qu'il posait le vêtement sur la chaise sans regarder.

Rose gémit tandis que sa langue dessinait une lente ligne le long de la dentelle.

— N'arrête pas, mais est-ce que je peux mentionner que j'apprécie que tu ne jettes pas mes vêtements sur le sol ?

— À ton service.

Il défit l'attache de son soutien-gorge et grogna lorsque le tissu tomba et laissa apparaître ses mamelons sombres.

— Tu es un ange et une tentatrice dans un superbe paquet-cadeau.

Son soutien-gorge rejoignit le chemisier sur la chaise, et il entoura Rose de son bras, dessinant un lent chemin de désir vers la pointe érigée qui attendait sa bouche, tendue et prête.

Rose frissonna et s'agrippa à ses épaules alors qu'elle se cambrait et soulevait la poitrine plus haut, suppliant de sentir sa bouche.

— C'est bon. *Tellement* bon.

Il était d'accord et prévoyait de prolonger le moment et de le savourer, de la savourer. Seulement, un instant plus tard, elle tirait sur sa chemise, se redressait et s'éloignait de ses lèvres avides.

— Retire tes vêtements. Maintenant, exigea-t-elle.

Il lui fallut sans doute plus longtemps qu'elle ne pensait pour se déshabiller. Oh, il passa sa chemise par-dessus sa tête en une fraction de seconde, mais il la retira en allant rapidement s'assurer que la porte par laquelle ils étaient entrés était fermée à clé. Il revint presque instantanément, retira son pantalon avant de se rechausser. Son boxer se soulevait sous le renflement de son membre alors qu'ils échangeaient leurs places.

Rose était adossée contre le mur, les mains pressées contre la paroi au niveau des hanches. Chance s'agenouilla devant elle, la regardant avec délectation pendant qu'il faisait lentement descendre son pantalon et le lui retirait.

Elle se mit à rire doucement lorsqu'il lui tendit ses bottines et replaça ses pieds à l'intérieur.

— On couche ensemble avec nos chaussures aux pieds ?

— Ça paraît plus prudent, admit-il en marquant une pause

pour inspirer profondément avant de s'occuper de la dernière chose qu'il restait à dévoiler.

La petite culotte pâle glissa sur les longues jambes dans un chuchotement de prophétie.

Quelque chose de merveilleux était sur le point de se produire.

3

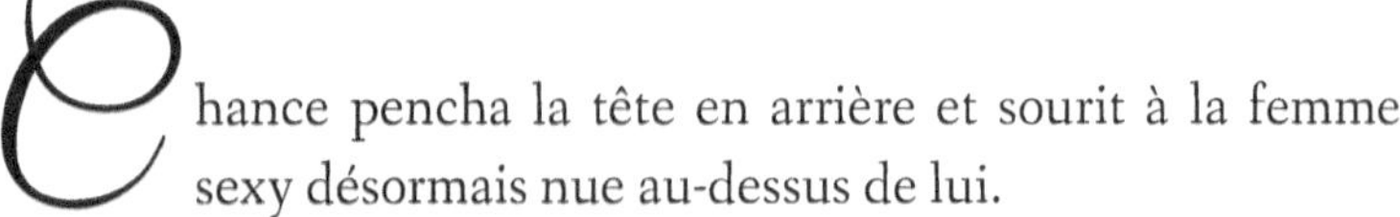

Chance pencha la tête en arrière et sourit à la femme sexy désormais nue au-dessus de lui.

— Tu as parlé de baisers.

Rose écarquilla les yeux, puis il lui fut impossible de voir son visage parce qu'il n'en avait plus que pour sa peau, satinée et lisse sous ses lèvres. Un baiser sur son ventre, sur le creux entre sa hanche et sa jambe.

Sur les douces boucles brunes qui ornaient son sexe.

Elle lui caressa les cheveux.

— *Chance.*

— Garde ça en tête, ordonna-t-il.

Il lui tapota l'intérieur de la cuisse, et elle changea obligeamment de position. Ses douces lèvres étaient tout juste visibles, et il se rapprocha, les explorant avec la bouche.

Son goût explosa sur sa langue lorsqu'elle inclina les hanches et s'ouvrit davantage, le suppliant presque de continuer, réclamant ce qu'il rêvait de donner.

Se faufilant entre ses replis, il remonta pour titiller le petit bouton de son clitoris. Il le caressa du bout de la langue avant de se diriger vers le bas. Encore et encore, les conduisant tous deux plus près du plaisir.

Chance humidifia deux doigts puis les glissa doucement dans son intimité. Le grognement de plaisir de Rose résonna dans la pièce vide, l'encourageant, le poussant aux limites de son sang-froid alors qu'il refermait de nouveau les lèvres autour de son clitoris et aspirait. Il caressa doucement l'avant de son intimité jusqu'à trouver le point sensible qui la fit hoqueter.

Puis il recommença, la clouant d'une main contre le mur alors que ses hanches se soulevaient contre son visage.

— Chance, j'y suis presque.

— Laisse-toi aller.

Les doigts glissés dans ses cheveux s'y agrippèrent, et Rose tira vivement dessus alors que son cri rauque résonnait. Son intimité se resserra autour des doigts de Chance, que son gémissement et son corps qui frissonnait tout entier emplissaient de fierté.

De fierté et d'un désir infernal.

Il se releva, fit descendre rapidement son boxer avant de la retourner dans ses bras. Dos contre lui, leurs peaux nues glissant l'une contre l'autre, son membre dur comme le roc aligné contre les fesses de Rose.

Chance appuya fermement la main sur son ventre pour reprendre possession de son pubis. Le bout de ses doigts taquina l'humidité de son clitoris et de son intimité, prolongeant le plaisir de son orgasme alors qu'il savourait la ferveur qui les unissait.

Encore un instant de perfection. La faible lumière dans la pièce sans rideau, combinée aux ténèbres dehors, créait un effet miroir sur la vitre. Il les avait tournés vers le mur extérieur quand il l'avait retenue contre lui, et désormais une image superbe s'y reflétait. Lui la tenant à la verticale avec ses longs cheveux qui flottaient sur ses épaules, Rose agrippant de ses mains ses poignets pendant que les doigts de Chance jouaient entre ses replis moites.

À l'extérieur régnaient les ténèbres parsemées d'une poussière d'étoiles. Un spectacle qu'eux seuls pouvaient voir.

— Je pourrais vendre cette photo pour un million de dollars, mais elle vaut plus que ça. Elle est inestimable, unique et *à moi*.

Le grognement possessif de sa voix le surprit. Chance prit une inspiration embarrassée, s'efforçant de retrouver son sang-froid.

Rose leva une main et la posa sur son cou. Après avoir tourné la tête vers lui, elle posa les lèvres sur sa joue. Brûlant de désir, il reprit ses lèvres. Il jouait encore avec elle, la dirigeant vers un autre chef-d'œuvre auquel, cette fois, il pourrait participer et qu'ils créeraient ensemble.

Elle lui mordilla la lèvre inférieure.

— Un préservatif, dit-elle.

— Le tien ou le mien ?

Un magnifique sourire apparut sur le visage de Rose.

— Le mien.

Elle se détourna un instant pour prendre dans son pantalon ce dont ils avaient besoin. Il lui vola l'emballage, très concentré pendant qu'il se protégeait. Les mains de Chance tremblaient un peu quand Rose se retourna et déposa des baisers sur son torse, ses épaules et lui vola son cerveau en l'enlaçant. Leurs peaux se touchaient, se frôlaient, se taquinaient.

Dès qu'il fut prêt, il lui fit de nouveau faire volte-face puis la souleva pour l'agenouiller sur la table basse, genoux écartés, le cœur de son intimité en parfaite ligne de mire.

Il se glissa en elle par-derrière.

Un doux paradis l'entoura. Le plaisir physique grimpa alors que leurs peaux se caressaient, elle l'enveloppait, et il s'enfonçait en elle profondément à chaque mouvement.

Mais cette fenêtre...

L'image reflétait clairement le plaisir sur le visage de Rose, qui avait le regard rivé sur l'endroit où leurs corps se rejoignaient. Du bout des doigts, il traça des cercles sur son clitoris et la tête de Rose tomba en arrière, atterrissant sur son épaule.

— Oui. C'est si bon.

Il grogna, les mots lui échappant alors que l'orgasme lui faisait signe. Un gémissement rauque échappa à Rose. Ses hanches frémirent contre la main de Chance, puis son intimité se resserra autour de lui alors qu'elle jouissait encore.

Évidemment, elle obtint une réaction et l'orgasme de Chance arriva d'un coup. Le monde devint flou, et ses jambes tremblèrent d'extase.

Leurs poitrines se soulevaient tandis qu'ils cherchaient leur souffle, Chance la serra contre lui et réussit par miracle à garder l'équilibre. Ça avait été fantastique, et il avait hâte de recommencer.

Il frotta son nez contre sa joue.

— Comment vas-tu ?

Elle se mit à rire. Doucement, lascivement et à cent pour cent approbatrice.

— Très bien.

— Je dois m'occuper du préservatif.

Elle agita la main vers le mur de droite.

— La salle de bains est par là.

— Tu veux y aller avant ?

Cette fois, Rose rit franchement.

— Je pense que tu en as plus besoin que moi pour le moment.

C'était vrai. Il l'embrassa sur la joue puis recula pour glisser hors de son corps. Ils eurent tous deux un soupir de regret.

Oui, ils allaient vraiment recommencer dès que possible.

Chance l'aida à descendre de la table et s'assura qu'elle avait repris son équilibre avant de la lâcher.

— Je reviens tout de suite. Ne t'en va pas.

Il fit un pas avant que quelque chose de chaud ne le tape brièvement sur les fesses. Il lança un coup d'œil par-dessus son épaule et la découvrit avec un grand sourire alors qu'elle agitait les doigts.

— Tu es très talentueux, dit-elle. Merci pour la partie de jambes en l'air.

— Avec plaisir. Littéralement.

Il s'éloigna, bien conscient qu'elle regardait fixement ses fesses.

Sacrée bonne femme.

Se laver dans les toilettes ne lui prit que deux minutes. Il était à peine revenu dans la pièce quand le clic de la porte principale de l'appartement qui se refermait retentit dans la pièce.

— Rose ?

Les quelques pas qu'il lui fallut pour traverser la pièce et ouvrir la porte ne laissaient aucun doute : sa beauté avait décidé d'éviter une discussion gênante après le sexe. Elle avait réussi à se rhabiller et à s'échapper en moins de deux minutes.

Il vérifia les escaliers et le long du couloir qui donnait vers les portes des appartements suivants, mais elle était partie. Rien ne restait à part une note écrite à la main posée sur ses vêtements.

Rentre bien.
Rose

Chance se rhabilla puis retourna au pub pour faire une ronde inutile, à sa recherche. Rien, comme il s'y était attendu. Il retourna au chalet que son frère lui avait prêté pour sa brève visite et s'écroula sur le lit.

Ce qui sembla être quelques minutes plus tard, un baiser délicieux le réveilla, réchauffa son corps et fit naître un sourire sur son visage.

— Rose.

Chance roula vers cette déesse puis se redressa brusquement lorsqu'il se rendit compte que les draps étaient froids et qu'il était seul. Il n'y avait personne en dehors du fantasme de la spectaculaire femme de ses rêves qui lui traversait l'esprit.

Tant pis, ce n'était pas comme s'il n'avait que cette nuit-là. Pour l'instant, peut-être. Mais l'été arrivait. À cette pensée, un sifflement lui vint aux lèvres alors qu'il rassemblait ses quelques affaires et les chargeait dans sa voiture.

Il frappa une fois puis passa la porte du chalet de son frère cadet.

— Donne-moi du thé avant que je parte.

Il n'y avait personne dans la pièce principale, alors Chance marqua une pause devant la chambre et martela vigoureusement la porte du poing.

— Réveille-toi, Cendrillon.

Un juron étouffé flotta de l'autre côté.

— Va-t'en.

Chance émit un petit rire avant de traverser la pièce vers la petite cuisine et de se mettre à préparer leurs boissons. Il mit la bouilloire en route, trouva une théière, puis chercha ce dont il avait besoin pour la cafetière.

— Je croyais que, dans les ranchs, vous étiez à fond pour vous lever aux premières lueurs pic du jour. Dépêche-toi, frangin. Je veux prendre la route avant qu'il ne commence à y avoir de la circulation.

Cody sortit de sa chambre quelques minutes plus tard, ronchon et les yeux cernés.

— Je suis resté debout jusqu'à 3 h du matin, et c'était mon seul jour de la semaine pour faire la grasse matinée. Espèce de con.

— Je suis ton grand frère. Je suis *censé* être un con. Tu veux que je te mette deux œufs dans la poêle pendant que je prépare mon petit déjeuner ?

Chance appuya sur le bouton *On* de la cafetière et se tourna pour rassembler des aliments du frigo.

— D'accord. S'il fallait que tu me réveilles, tu peux bien cuisiner pour moi.

Cody se plaça près de la cafetière, fixant le liquide qui remplissait la verseuse comme s'il voulait qu'elle aille plus vite.

— Tu es agaçant à bien des égards ce matin, continua-t-il. Enjoué, réveillé, ce genre de choses.

Chance cassa en même temps deux œufs dans la poêle et sourit en les voyant atterrir dedans parfaitement.

— J'ai passé une bonne nuit.

Malgré cette ouverture, Cody ne mordit pas à l'hameçon. Inutile avant sa première tasse de café, se rappela Chance.

— Assieds-toi avant de tomber, dit-il avec amusement.

Cody ne protesta pas, ce qui en disait long sur son degré d'épuisement.

— Désolé de ne pas avoir pu sortir avec toi hier soir. La prochaine fois que tu viendras, préviens-moi plus tôt, et je m'assurerai que nous puissions aller en ville ensemble.

— La prochaine fois que je viendrai, j'emménagerai ici, lui rappela Chance en résistant à l'envie de demander à son frère s'il connaissait Rose.

Il aurait le temps plus tard.

Cody croisa les bras et fronça les sourcils comme s'il se concentrait intensément.

— Tu es vraiment sérieux sur ce déménagement à Heart Falls ? Ce n'est pas que je ne veux pas que tu viennes dans le coin... ça me plairait beaucoup. Mais ça ne ressemble pas aux métropoles artistiques où tu gravites habituellement.

— Je suis sérieux. D'ailleurs, je pense que tu devrais regarder autour de toi et voir à quel point ta petite ville change, signala Chance. Beaucoup d'accords se concluent peut-être encore sur une poignée de mains et un hochement de tête, mais avec la proximité de Calgary, et le nombre de gens qui déménagent à la campagne, c'est un autre monde. Tu le sais bien. Tu travailles dans un ranch éducatif qui séduit les touristes.

— Je suppose.

Mais Chance y avait bien réfléchi.

— Avoir une galerie ici fera de Heart Falls un point de passage, mais plus que ça, avec les ventes numériques qui explosent, m'installer à Heart Falls signifie que j'ai droit à de l'immobilier de premier choix sans les coûts associés à une grande ville.

Il versa une tasse de café à son frère et la posa devant lui avant de préparer son propre thé avec un peu de lait.

— J'ai aimé vivre en Europe et en Irlande, mais j'ai envie de revenir au Canada pour de bon. En plus, pour je ne sais quelle raison, ça me manque d'être proche de toi.

— Pareil, frangin. Ton fichu accent est redevenu ce qu'il était quand tu as emménagé la première fois au Canada. On dirait que tu es parti encore plus longtemps, dit Cody en prenant une longue gorgée du liquide brûlant avant de secouer la tête. J'ai hâte de t'avoir dans le coin. Ça ne va pas te manquer de voyager ?

— Rien ne dit que je ne peux plus voyager. Mais je veux m'installer, Cody. Il est temps.

S'installer n'avait rien à voir avec le manque de moyens et tout à voir avec l'envie de saisir toutes les bonnes choses qu'il avait reportées jusqu'alors : s'enraciner dans une communauté et posséder un foyer, profiter de la compagnie de son frère à plein temps au lieu d'instants en passant.

Peut-être même une femme audacieuse dans sa vie pour le forcer à rester sur le qui-vive.

Il leva sa tasse vers Cody.

— Je serai là pour la fête du Canada. J'ai hâte.

Le sourire de son frère redoubla.

— Tu veux plonger d'emblée dans la vie locale ?

— Bien sûr !

Les yeux de Cody étincelaient d'amusement.

— Je vais m'en assurer.

Même si pas un des signaux avertissant que quelque chose se tramait ne manquait, Chance était trop content de ses projets pour poser de question.

— Fais de ton mieux. Je suis prêt à tout.

4

1er juillet, centre communautaire de Heart Falls

Un tourbillon de joie animait Rose alors qu'elle procédait aux derniers ajustements dans les décorations de la table pour la fête du Canada de Heart Falls que célébrait leur communauté.

Au programme, les jeux pour enfants, un rassemblement familial, un banquet, et pour une étrange raison, des enchères de célibataires. C'était un méli-mélo d'événements des plus étranges, mais curieusement, Heart Falls faisait en sorte que ça marche.

En bonus, ça signifiait des rentrées d'argent pour elle. Le remboursement des décorations pour les tables et la scène couvrirait l'essentiel des dépenses du mois. Ce qui voulait dire que, dans quelques heures, elle aurait un autre événement réussi à son actif et tout le mois de juillet pour économiser.

Un petit supplément à mettre de côté avait son importance.

Le mois précédent elle avait entendu M. Jordan confirmer qu'il prenait sa retraite et fermait son atelier de photographe – ce qui voulait dire que l'espace à côté du Buns and Roses qu'elle lorgnait depuis des années serait disponible. Ce serait l'occasion parfaite de s'agrandir.

Le mois de juillet s'annonçait incroyable. Merveilleux et représentant tout ce qu'elle espérait.

Mais sa vie amoureuse était toujours ennuyeuse, et ne semblait pas devoir se débloquer. La seule nuit d'extase qu'elle avait volée ne cessait de lui traverser l'esprit, trop souvent pour ne pas être pénible. D'autant plus qu'à chaque fois qu'elle se rappelait ce qu'elle avait fait, elle devait se mordre à nouveau la langue pour s'empêcher de cracher le morceau à sa sœur ou à ses amies. À part Petra, qui avait reçu la version résumée en édition limitée le lendemain matin, personne n'était au courant.

Non, cette nuit-là était une partie charmante du passé de Rose, désormais. Elle était contente d'avoir pu apprécier cette expérience, mais maintenant elle était prête à se concentrer sur le reste de ce qui, dans sa vie, avait besoin de passer au niveau supérieur.

Une fois terminés le repas de célébration et la vente de tartes, on tira les tables dans un coin de la salle, on réarrangea les chaises et les enchères commencèrent.

Malachi Fields, le père de Rose et bien-aimé animateur de cet événement, s'avança sur scène et sourit à la salle. Ses cheveux bruns et frisés étaient striés d'argent aux tempes, désormais, mais il était toujours beau et restait le showman qu'il avait toujours été.

Il attrapa le micro d'une main ferme et s'adressa à l'assistance.

— Bienvenue aux enchères annuelles des célibataires de Heart Falls. Les fonds, aujourd'hui, sont destinés au fonds de l'espoir et au Comité des nouveaux venus de Heart Falls. Nous voulons pouvoir accueillir des réfugiés dans leurs nouveaux foyers et nous occuper de ceux qui vivent dans notre communauté depuis des années et ont besoin d'un coup de main. Alors enchérissez souvent et soyez généreuses. Rencontrons nos célibataires, d'accord ?

Rose ne prévoyait pas d'enchérir cette année. Elle l'avait fait par le passé, quand elle avait des objectifs spécifiques – comme un partenaire pour un mariage auquel elle prévoyait d'assister. Autrement, elle connaissait tous les hommes du coin, et même si c'était amusant de danser avec certains, aucun ne correspondait à une relation à long terme pour elle. Elle trouverait un autre moyen de faire un don au fonds de la communauté.

Elle laissa dériver son esprit sur la semaine à venir et calcula combien elle et sa sœur pourraient proposer à M. Jordan pour reprendre le bail de son magasin. Il fallut les rires alentour et Tansy qui lui heurtait le coude pour que Rose se rende compte que sa sœur faisait des siennes.

Encore une fois. Typique de Tansy.

Une fois que Rose prêta attention, il devint clair que Tansy enchérissait follement sur les célibataires. Sur *chacun* d'eux. Jusque-là, elle n'avait pas remporté de rendez-vous, mais elle avait réussi à pousser les montants des dons bien au-delà de ce qui était habituellement versé lors de cet événement.

— Cinq cent vingt-*cinq*, dit Tansy en souriant à la femme de la rangée devant elle qui enchérissait sur le plus jeune frère Stone, Dustin. Tu sais que tu le veux.

— Cinq cent cinquante. Et je suis fauchée, dit la femme en agitant un doigt vers Tansy. Comme tu le sais puisque je te l'ai dit ce matin en prenant mon café au Buns and Roses. Petite perfide.

— Hé, c'est pour le bien de la communauté ! souligna Tansy.

Ses joues pâles étaient rouges de joie et d'entrain.

— Plus d'enchères, annonça Malachi rapidement, lançant un regard d'avertissement à Tansy. Adjugé pour cinq cent cinquante.

Rose donna un coup d'épaule à Tansy et lui parla doucement à l'oreille.

— Ça fait cinq fois maintenant. Que tu fais monter les enchères jusqu'à ce qu'elles atteignent le maximum avant de te retirer. C'est un jeu dangereux, sœurette.

— Pas vraiment. Enfin, si je gagnais accidentellement, je paierais et m'arrêterais. Mais puisqu'il se peut que j'aie entendu quelques conversations au cours de la semaine passée au Buns and Roses et que je connais à peu près les limites de tout le monde, c'est surtout amusant.

Rose resta bouche bée devant sa sœur.

— Tu n'es pas croyable.

— Je sais. Mais c'est pour le bien de la communauté, alors de gré ou de force, j'utilise mes talents.

Tansy se frotta les paumes et sourit d'un air machiavélique.

Sur l'estrade, leur père frappa dans ses mains pour capter à nouveau l'attention de la salle.

— J'ai une surprise pour vous. Le dernier célibataire au programme des enchères est en fait *deux* autres célibataires. On vient de me communiquer cette information et je suis ravi de vous en faire part.

Il fit un geste vers le côté de la scène. Les hommes sur qui on avait déjà enchéri regardèrent tous vers le rideau.

Deux nouveaux célibataires s'avancèrent, un cow-boy bien connu et un homme dans un superbe costume. Ce dernier se tourna pour serrer la main d'un des autres hommes sur scène, le visage caché.

— Vous connaissez tous Cody Gabrielle, gérant au ranch de Red Boot. Il est ravi de nous présenter son frère aîné.

Récemment revenu d'Irlande, à ce que j'ai compris. Chance prévoit de s'installer ici à Heart Falls et de faire ce qu'il peut pour élargir nos horizons artistiques grâce à une galerie et un atelier d'artiste.

Son père continua à parler, mais Rose n'entendait plus, un afflux de sang bourdonnait à ses oreilles.

Chance. Irlande.

Oh non ! Non, non, *non*.

Lorsque l'homme mystère se retourna enfin et fit face à la foule, souriant chaleureusement à la salve d'applaudissements qui éclata, Rose accepta trois vérités indéniables.

Chance était tout aussi beau que dans ses souvenirs. Tout aussi capable de provoquer des frissons. Et clairement, elle était nulle en matière de coups d'un soir qui devaient rester secrets, parce que quelqu'un dans leur petite ville finirait par dénicher cette information.

Tansy et elle étaient assises assez loin de la scène pour que Rose n'ait pas à craindre de croiser directement le regard de Chance, ce qui voulait dire qu'elle pouvait l'examiner en essayant de ne pas baver.

Chance avait été agréable à regarder le soir où elle l'avait dragué, habillé d'un pantalon sur mesure et d'une chemise. Elle l'avait vu nu – aussi incroyable. Mais dans ce costume...

Seigneur, elle allait tomber à la renverse.

Pendant qu'elle cherchait à retrouver mentalement son équilibre, son père avait démarré les enchères suivantes. C'était au tour de Cody, semblait-il, qui s'avançait et agitait la main vers la femme sur la droite de la scène qui venait de proposer trois cents dollars.

— Trois cent cinquante, intervint Tansy.

Rose se couvrit le visage d'une main.

— S'il te plaît, ne fais pas ça.

— Il le faut, j'en ai peur.

Sans une trace de regret, Tansy fit des contre-offres jusqu'à ce que, finalement, elle bondisse sur ses pieds et annonce audacieusement :

— Huit cents dollars. Et je les double si vous ajoutez son frère.

Des cris et des hoquets amusés résonnèrent jusqu'au plafond.

Malachi Fields foudroya sa fille du regard.

— Je croyais que nous avions précisé les règles… on n'achète pas plusieurs célibataires. On ne partage pas les célibataires entre les enchérisseuses. Et puis, est-ce que nous ne t'avons pas *spécifiquement* interdit d'enchérir après l'année dernière, quand tu as bizarrement acheté trois rencards *et* fini avec un poulailler ?

Tansy posa un doigt contre ses lèvres et réfléchit, puis secoua fermement la tête.

— Non. Pas d'interdiction, à moins qu'on ne compte cette soirée au dîner du mois dernier, quand tu as vanté les vertus des filles prévenantes et réfléchies et que tu as suggéré que je révise mes intentions d'assister aux enchères de cette année pour le bien de ta tension, dit-elle en agitant la main majestueusement vers la salle. Ne vous inquiétez pas, vous tous, j'ai vérifié auprès de maman. Ses constantes sont aussi alertes que celles d'un jeune homme. Il semblerait que c'était un tout petit peu une hyperbole de sa part, alors voilà, je suis là.

Leur pauvre père faisait une crise derrière le pupitre du commissaire-priseur. Il se pinça carrément l'arête du nez.

— Que quelqu'un me rappelle pourquoi je me porte volontaire pour ça chaque année.

Pendant que la foule riait et offrait ses suggestions, Rose lança une question à Tansy aussi discrètement et instamment que possible.

— Deux mecs ? Qu'est-ce que tu fais ?

Tansy haussa les épaules.

— Nous sommes deux. Je sortirai avec l'un et tu sortiras avec l'autre. J'ai pensé que c'était dans l'intérêt de l'efficacité, tu sais. Pour garder le rythme.

La professeure à la retraite de la rangée devant elles l'entendit et se retourna sur son siège pour hocher fermement la tête vers Tansy avec approbation.

— J'aime bien ta façon de penser.

Elle s'était détournée avant que Rose ne puisse objecter quoi que ce soit et agitait la main vers Malachi pour attirer son attention.

— Ne t'inquiète pas. Tu as de bonnes filles, Malachi. Deux pour deux, dit Tansy. Elle en prend un, et Rose prend l'autre. Et puisque j'ai un jambon au four qui m'attend, je vais ajouter quatre cents dans leur cagnotte pour que ça fasse deux mille tout ronds pour les garçons Gabrielle.

De l'argent pour le fonds était de l'argent pour le fonds. Malachi lança un coup d'œil dans la salle.

— Personne ne veut surenchérir pour nos deux derniers célibataires ?

— Une fois, deux fois, trois fois, cria Mme Wilson à la place de Malachi, en se levant et en attrapant ses sacs. Bonne journée, tout le monde. Merci pour la tarte, Tansy. Tirez à pile ou face pour savoir qui prend quel célibataire.

5

Des rires taquins continuèrent à flotter dans l'air pendant que les célibataires s'avançaient vers leurs futurs rencards.

Rose était prête à disparaître. Si seulement elle pouvait s'évaporer aussi facilement que la nuit où elle avait rencontré Chance !

Puisque ce n'était pas possible, elle allait se contenter de la meilleure option alternative. Elle se tourna vers sa sœur et la frappa sur le bras.

— Est-ce que tu t'es seulement *demandé* si je voulais sortir avec l'un d'eux ?

Tansy plissa le nez.

— Oups. Je n'ai pas pensé à ça.

— Bien sûr que non, râla Rose. D'ailleurs, où as-tu eu tout cet argent ?

C'était plus facile de se concentrer là-dessus que sur le vrai problème, Chance qui s'avançait sur la scène au côté de Cody. Tous deux avançaient lentement mais délibérément sur un chemin qui mènerait Rose à sa perte.

Dieu merci, comme il était nouveau en ville, certains membres de la communauté voulaient être présentés à Chance.

Oh, Seigneur, qu'avait-elle fait ? Pas aujourd'hui, mais lors d'une nuit torride trois mois plus tôt.

Pour une fois, Tansy l'observatrice ne semblait pas s'apercevoir de la gêne de Rose. Elle se rapprocha tout près et chuchota si bas que personne ne put l'entendre, cette fois.

— Karen Coleman m'a donné l'argent pour enchérir. Elle a dit qu'elle voulait un moyen de le placer anonymement dans la communauté. Le lendemain, Kelli Stone a fait la même chose. Elles m'ont toutes les deux fait jurer de garder le secret, alors cette information reste entre nous.

Elle recula et croisa le regard de Rose.

— Ah, bon sang. Tu es vraiment contrariée. Je suis désolée. Je ne pensais pas que c'était un si gros problème.

Rose secoua la tête, ne voulant pas que Tansy culpabilise d'être une nuisance enthousiaste.

— C'est bon. Ce n'est pas vraiment toi ni les enchères.

— Mais je sais que tu n'aimes pas passer du temps avec des inconnus. Ne t'inquiète pas, nous ne jouerons pas à pile ou face. Tu prends Cody, je prendrai Chance, et nous irons danser ensemble au Rough Cut. C'est simple.

Ce qui était gentil, et attentionné, et parfaitement déplacé.

— Tu ne peux pas sortir avec Chance.

Tansy fronça les sourcils et lança un coup d'œil vers les gars qui avaient à peine couvert la moitié de la distance vers elles.

— Je ne peux pas ? Est-ce que quelque chose cloche chez lui ?

Il embrassait comme un dieu, avait des doigts talentueux, et Rose avait profité de rêves salaces détaillés où elle le coinçait dans une pièce sombre et le taquinait jusqu'à ce qu'il perde tout sang-froid.

Quelque chose qui cloche chez lui ? Absolument pas.

Elle ouvrit la bouche pour s'expliquer, mais aucun son n'en sortit.

Tansy plissa les yeux.

— Qu'est-ce que tu caches ? Parce que c'est ton visage cachottier.

Elle avait un visage cachottier ? Nom d'un chien. Rose réussit à lui lancer un regard noir.

— Tu es agaçante.

— Mais intelligente, et j'ai raison, n'est-ce pas ?

Sa sœur glissa un bras autour de la taille de Rose et la nargua :

— Avoue à Tansy tous tes sordides secrets.

— Je le connais.

— Vraiment ?

La surprise et la joie disparurent une fraction de seconde plus tard et firent place à un amusement rusé.

— Dans le sens biblique ? continua-t-elle.

Rose frappa de nouveau sa sœur sur le bras.

— Baisse la voix.

Tansy resta bouche bée tout en reculant d'un demi-pas.

— Oh mon Dieu, je plaisantais, mais c'est vrai. Tu as une connaissance charnelle de Monsieur Costume à Mille Dollars ?

— Oui.

Rose avait murmuré le mot d'une voix rageuse.

Sa sœur se pencha en avant.

— Si c'était nul, on va les ghoster...

— Ça n'était pas nul, l'interrompit Rose sèchement.

Puis elle se mit à rire, l'amusement l'emportant finalement sur sa gêne.

— C'était incroyable, mais c'était censé être un coup d'un soir. Je n'aurais jamais pensé le revoir.

Tansy hocha la tête et tapota Rose sur l'épaule d'un air compatissant.

— Certaines femmes sont faites pour les coups d'un soir, d'autres femmes ont simplement...

— Oh, la ferme, marmonna Rose sans méchanceté avant que Tansy ne puisse insulter ses compétences de drague ou une autre bêtise du genre comme à son habitude.

Les railleries entre elles étaient toujours affectueuses, mais avec les frères qui se rapprochaient, elle devait clarifier les choses.

— Chance est à moi.

— Pas de problème, répondit Tansy en agitant la main, vers les deux hommes. En tout cas, nous pouvons utiliser la solution de danser jusqu'à tomber de fatigue, si tu veux.

Est-ce qu'elle le voulait ? Se cantonner à un lieu public pouvait éviter une conversation pénible.

Trop tard. Cody était là. Il sourit à Tansy et inclina rapidement son chapeau vers Rose.

— Mesdames, j'aimerais vous présenter mon frère, Chance. Il est un peu du genre raide, avec son costume et tout, mais je vous promets que c'est un mec bien sous ses attributs dignes d'un avocat. Même si je lui ai balancé ces enchères à la dernière minute, dit Cody en frappant Chance dans le dos. D'accord, je mens. Je lui ai balancé ça dix secondes avant que nous entrions sur scène, et je dois dire que cet instant était délicieux. Chance, voici Tansy et Rose.

Le cerveau de Rose s'était figé sur le mot *raide*. C'était une bonne description de l'homme qu'elle connaissait déjà, pas à cause de sa tenue actuelle mais à cause de sa...

Son regard se posa sur son visage alors qu'elle priait avec ferveur pour que, par miracle, il ait été atteint d'amnésie depuis leur dernière rencontre.

Chance hocha brièvement la tête vers Tansy, mais toute son attention était sur Rose. Il lui attrapa les doigts et porta sa main à ses lèvres.

— Rose.

— *Merde.*

Le mot lui avait échappé. Impossible à retenir, en fait.

Les lèvres de Chance tiquèrent.

— Tu as ton calendrier sous la main ? J'aimerais organiser notre deuxième rencard le plus vite possible.

Près d'eux, Cody s'était arrêté net, son sourire figé alors que son regard passait de son frère à Rose.

— *Deuxième* rencard ?

Tansy roula des yeux puis passa un bras amical autour de l'épaule de Cody et le tira vers la table à tartes qu'elles devaient ranger.

— Viens, mon célibataire numéro onze. Tu peux m'aider à ranger les douceurs pendant que nous prévoyons quand tu m'emmèneras en randonnée.

— Numéro *onze* ? Vraiment ? Pas étonnant que ton père se fasse des cheveux blancs.

La voix de Cody disparut au loin, et il n'y eut plus personne pour sauver Rose de la pagaille qu'elle avait accidentellement créée.

Une étreinte sur ses doigts ramena son attention sur l'homme élégamment vêtu devant elle.

— Rose. Est-ce que ça te convient de sortir avec moi ?

Elle prit une profonde inspiration et expira lentement, son regard errant sur lui. Sur ses cheveux bruns parfaits, son sourire doux. Son costume...

Seigneur, son *costume*.

Il lui fallut un gros effort de volonté pour se concentrer, et tout ce qu'elle put faire fut de choisir l'honnêteté.

— Je ne m'attendais pas à ça, admit-elle.

— Moi non plus. En tout cas, pas à la partie enchères.

Il plissa le nez vers son frère et Tansy, qui riaient

maintenant ensemble pendant qu'ils emballaient les tartes restantes.

— Je vais devoir penser à le récompenser dignement.

Rose toussa doucement.

— Tu vas le *récompenser* ?

— Oui. Ce qui offrira le bénéfice supplémentaire de le perturber puisqu'il s'attendait à m'énerver.

Elle comprenait totalement ce sentiment.

— Les frères et sœurs. On est toujours partagé entre l'envie de leur tordre le cou et celle de les étreindre.

Il émit un petit rire, glissa les mains dans ses poches et sembla soudain beaucoup moins sûr de lui.

— Rose, me ferais-tu l'honneur de te joindre à moi pour un pique-nique ?

Il n'était pas censé être ici, à Heart Falls, mais il était là. Peu importe sa gêne que l'homme devant qui elle s'était spontanément déshabillée lui demande maintenant gentiment de sortir avec lui...

— Oui. Ça me plairait, admit-elle.

Parce que peut-être, peut-être, qu'être suffisamment audacieuse pour dire oui à quelque chose d'aussi important que des ébats sexuels signifiait qu'elle pouvait aussi être assez courageuse pour faire ça.

Cody ne perdit pas une minute. Il se faufila dans la circulation dès qu'ils furent dans la camionnette et retourna au ranch.

— Tu ne m'avais jamais dit que tu connaissais Rose.

— Tu n'étais pas très bavard la dernière fois que je t'ai vu. Je l'ai rencontrée au pub ce soir-là. Nous avons dansé, lui apprit Chance.

Une version très abrégée de ce qu'ils avaient fait, mais d'après son expression, elle avait été à la fois surprise et contente de le revoir, bien que la joie ait été un peu plus réticente.

Il questionna son frère :

— Est-ce que Rose est déjà sortie avec quelqu'un sérieusement ?

Cody haussa les épaules.

— Pas depuis que je suis en ville.

Il lui lança un rapide coup d'œil avant de se concentrer sur la route.

— C'est un rencard pour la bonne cause. Je ne sais pas à quoi tu es habitué, mais c'est strictement pour s'amuser et censé être très superficiel. Tu n'as pas à prendre ça aussi sérieusement.

Vraiment ? Tout en Chance disait que c'était important.

Maintenant, les autres détails. Parce que c'était en train de se produire, il s'installait à Heart Falls, il prenait racine.

Il avait acheté un magasin sur description. Des œuvres et des peintures, en cours d'acheminement par bateau depuis l'Irlande, arriveraient dans le mois.

— Elle m'a dit qu'elle possédait un magasin de fleurs.

Son frère hocha la tête.

— Ouais. Des fleurs et toutes sortes de bibelots. C'est l'autre moitié du café Buns and Roses. Tansy est une cuisinière sacrément douée et elle prépare toutes les pâtisseries. Le menu est limité, mais tout est addictif et riche en calories. On peut y aller demain si tu veux.

— Je n'aurai pas le temps demain, dit Chance. Je vais visiter des maisons avec l'agent immobilier. Mais j'aimerais bien y aller bientôt.

Cody eut un petit rire bas.

— Tu le fais vraiment. Aucune hésitation, tu plonges direct

dans la vie d'une petite ville avec une maison, un commerce et tout le reste.

— Oui, mais tu as oublié une des parties les plus importantes de ce nouveau départ, dit Chance en posant une main sur l'épaule de Cody. Les amis et la famille. Je t'ai, mon frère, et j'en suis reconnaissant. Ce sera bien de créer enfin de nouveaux souvenirs en tant qu'adultes.

— Les vieux souvenirs ne sont pas si terribles, dit son frère en levant le poing pour un check. Mais tu as bien raison, tu m'as moi. Et tu auras beaucoup d'autres gars que tu apprécieras de connaître. Le mari de ma cheffe et ses amis sont des gens bien. Nous sommes censés nous retrouver un de ces vendredis. Tu es absolument invité.

— Encore merci.

Chance se cala sur son siège et examina les champs remplis de jeune herbe autour d'eux.

— Maintenant, pour certains détails qui résultent de notre excursion de l'après-midi des plus intéressante... Tu emmènes Tansy en randonnée ?

— C'est ce qu'elle veut, dit Cody avant de froncer les sourcils, puis de secouer la tête comme s'il changeait d'idée. Tu sembles ravi d'avoir un rencard avec Rose.

— J'avais déjà prévu de la contacter une fois que je serai de retour à Heart Falls, admit Chance. Je vais avoir besoin que tu m'aides à prévoir un lieu de pique-nique.

— C'est dans mes cordes.

— Et j'ai besoin que tu me dises pourquoi emmener Tansy en randonnée ne te fait pas sourire.

Cody ronchonna pendant une minute.

— J'avais espéré que tu avais perdu cette capacité.

— De lire dans tes pensées ?

— L'habitude d'être un fumier trop curieux, grogna Cody.

Chance se mit à rire.

— Réponds à ma question.

Son frère haussa les épaules.

— C'est une femme sympa, et comme je l'ai dit, elle sait sacrément bien cuisiner. Mais je l'apprécie en tant qu'amie, pas comme quelqu'un avec qui j'ai envie de sortir.

Intéressant. Et probablement pas le problème que son frère croyait.

— Tu es bête à ce point ? À la manière dont elle se comportait pendant que vous rangiez les pâtisseries, je dirais qu'elle pense la même chose de toi. Ne crois pas qu'elle prévoit de te sauter dessus pendant que vous être à dos de cheval.

— Des amis ça va, mais je ne veux pas la mener en bateau, tu vois ce que je veux dire ?

Cody prit l'allée vers le ranch éducatif.

Un assortiment de camionnettes était garé près de la maison de style ranch cosy du côté ouest de la propriété. Çà et là, des gens se promenaient sur le terrain entre les chalets, mais Cody lui assura que les propriétaires avaient réservé le premier week-end de juillet uniquement pour la famille.

— Viens. Je vais officiellement te présenter à tout le monde.

Le reste de la journée fila, de même que la suivante, puis un déplacement d'urgence à Calgary se présenta. Chance devait immédiatement gérer la paperasse des douanes en personne, ou la livraison de sa précédente galerie serait bloquée en Irlande pendant des semaines. Si bien qu'il signa virtuellement la paperasse de son achat pour son nouveau studio à Heart Falls sans jamais voir l'espace. Dieu soit que la technologie existe, ou il aurait pu perdre le contrat.

Quand Chance revint enfin en ville, Cody passa le reste de la soirée à sourire comme seul un agaçant frère cadet savait le faire.

— Chance, tu ressembles à un chat dans les pattes d'un troupeau de chevaux. Calme-toi.

Impossible de protester qu'il était habituellement calme et serein, parce que depuis les enchères, son corps était en surrégime. Il était nerveux, excité et bien, bien trop enthousiaste.

Le destin avait continué à œuvrer en sa faveur, en ramenant non seulement Rose dans sa vie, mais d'une manière décisive en plus. Qu'est-ce qui risquait de mal se passer quand tout semblait si approprié ?

Chance s'endormit en comptant les heures jusqu'à son rencard.

6

____

Le dimanche, le soleil se leva dans un ciel clair et lumineux. Il faisait si beau que Chance était encore une fois certain que le ciel bleu s'adaptait à leur pique-nique.

Il dut se retenir d'aller la chercher trop tôt.

Rose lui avait indiqué la porte à l'arrière de son magasin dans une ruelle derrière Main Street. Il sourit lorsqu'il examina le long bâtiment, chaque magasin individuel avec sa propre entrée par-derrière et une deuxième porte dont il savait maintenant qu'elle menait aux appartements du premier étage.

La porte s'ouvrit, et l'odeur la plus incroyable se répandit alors que Rose le rejoignait. Du romarin, de la tomate et un fromage riche et onctueux.

Il saliva encore plus lorsqu'il l'observa. Elle portait un short en jean et un haut bleu foncé noué sur un T-shirt crème. Ses baskets étaient ornées d'un motif à damier bleu, et ses longs cheveux bruns étaient coiffés en queue-de-cheval. La touche finale était un chapeau de paille à larges bords penché sur un côté et agrémenté de roses jaune pâle.

Elle évoquait une parfaite journée estivale alors qu'elle croisait son regard avec une ferme assurance.

— Bonjour.

Il tendit la main vers la couverture posée sur son épaule et le sac dans sa main.

— Bonjour. Tu es jolie.

Elle fit une révérence puis sourit davantage.

— Toi aussi.

Ouille. Il grimaça alors qu'il faisait un geste vers sa voiture de location.

— C'est une chose cruelle à dire à un homme qui espère te plaire. Enfin, à moins que tu aimes ce qui est joli.

Un rire flotta derrière elle alors qu'elle marquait une pause près de la portière passager et attendait qu'il dépose ses affaires dans le coffre.

— Je pense que nous avons déterminé la première fois que nous nous sommes rencontrés que je te trouve attirant.

Bien. Elle n'allait pas feindre que leur relation sexuelle n'avait pas existé. Il lui ouvrit la portière puis recula légèrement. Juste assez pour la laisser passer mais en restant assez proche pour vraiment apprécier la vue de ses jambes bronzées et lisses qui glissaient sur le siège passager.

— Ce passé dote notre rencard de fondations particulières, et pourtant, j'ai une suggestion. Si je peux ?

Il s'accroupit près de la portière ouverte pour que leurs yeux soient au même niveau.

Rose haussa un sourcil.

— Je suis content que nous ayons eu cette nuit, mais il faut que tu saches que je ne m'attends pas à ce que nous recommencions aujourd'hui. Ni demain.

Comme elle fronçait les sourcils, il émit un petit rire, lui attrapa la main et la porta à ses lèvres pour lui embrasser doucement les doigts. Lorsqu'il reprit la parole, sa voix était devenue rauque mais restait légère.

— Je prévois que nous recommencions, et pas dans trop longtemps, mais c'est un nouveau départ. Je n'ai aucune attente, juste deux personnes qui apprennent à se connaître.

Elle ne poussa pas exactement un soupir de soulagement, mais la tension dans ses épaules diminua très légèrement. Assez pour qu'il le remarque.

— Ça me plairait, admit-elle. Tout ça. Apprendre à te connaître et la possibilité de recommencer dans un futur pas trop lointain. Si je suis honnête.

— Toujours l'honnêteté, promit-il. Bon, j'ai besoin que tu m'aides à suivre les indications que mon frère m'a données, parce qu'elles sont soi-disant simples, mais je n'ai aucune idée de ce que TWP47 veut dire, j'ignore où je dois sortir.

Il lui étreignit la main puis la rejoignit dans la voiture, attendant qu'elle jette un coup d'œil aux indications.

Ses lèvres s'incurvèrent.

— C'est là que Cody a suggéré que nous fassions notre pique-nique ?

— Ce n'est pas un bon endroit ?

Elle se tourna vers lui, et ses yeux étincelèrent d'amusement.

— Cody est à l'évidence un romantique dans l'âme. C'est un endroit merveilleux et tu dois absolument le voir si tu veux vivre à Heart Falls.

Ils sortirent de la ville et allèrent vers le nord pendant un moment, les champs estivaux bourdonnant de vie. Le bétail paissait dans ces vastes espaces, et son cœur se gonflait de joie à cette vue.

— Ce n'est pas si différent des pâturages d'Irlande.

— J'ai entendu dire ça. Ni de l'Écosse, d'après ce que les gens disent.

Elle pointa le doigt un peu devant eux.

— C'est là qu'on tourne, indiqua-t-elle.

Ils se dirigeaient vers les montagnes Rocheuses désormais, dont les pics énormes au loin étaient toujours couverts de neige. Les collines plus basses proches d'eux étaient verdoyantes, le décor parfait pour que des divinités y jouent.

Chance sourit.

— Est-ce que tu as déjà voyagé ?

— Non. Nous avons déménagé de Calgary quand j'avais douze ans, et je suis une fille de Heart Falls depuis.

Chance ralentit alors que la route devenait plus raide, serpentant à droite et à gauche au gré de virages en épingle à cheveux.

— Est-ce que tu aimerais voyager ?

Rose avait le nez pratiquement collé contre la vitre.

— Oui, mais tu dois admettre que vivre là où je suis n'a rien d'une torture.

Ils prirent un autre virage, et la vallée qui s'étendait devant eux leur offrit une vue étourdissante. Chance ralentit puis s'arrêta et regarda avec admiration.

— Fantastique.

Vert, or, bleu et marron. Toutes les teintes se fondaient en une mosaïque qui explosait de vie. Une rivière serpentait à travers le paysage. La lumière du soleil brillait à sa surface comme un ruban argenté entrelacé aux vastes prairies jusqu'à l'horizon à l'est.

Chance aurait pu rester bouche bée beaucoup plus longtemps, mais Rose posa une main sur son bras.

— Allons-y avant que quelqu'un d'autre n'arrive. Il y a encore plus à voir devant nous.

Cinq minutes plus tard, ils étaient garés sur une partie plus large de la route, près du bord de la montagne. Chance étendit la couverture de pique-nique sur la glacière rouge vif, la seule possession de Cody apte à contenir leur repas.

Rose lui tendit la main et pencha la tête vers un chemin à peine visible dans les hautes herbes.

— Par ici.

Ils avaient à peine fait quelques pas quand un son étrange chatouilla les oreilles de Chance. L'instant d'après, un banc public apparut près du chemin.

— Qu'est-ce que... Bon Dieu !

Il avait suivi la direction qu'indiquait le doigt tendu de Rose et découvert la vue remarquable qui attendait les spectateurs sur le banc. Une chute d'eau cascadait par-dessus la crête la plus proche, un jet clair comme du cristal en jaillissait. Une brume fine mouillait le versant à proximité.

Chance posa le panier de pique-nique sur le banc pour pouvoir l'admirer.

— Seigneur. C'est génial.

— L'homonyme de Heart Falls.

Rose semblait ravie de sa réaction enthousiaste. Ils se tenaient encore la main, et maintenant elle se rapprochait de lui tout en expliquant la topographie. Elle indiqua le nord, commençant par le ranch de Red Boot. Chance reconnaissait l'agencement du ranch et même le petit chalet qu'il occupait actuellement. Tournant lentement sur elle-même, Rose lui donna les noms et quelques informations sur chacune des familles et des foyers visibles depuis le point de vue. Des anecdotes sur les gens qu'elle connaissait si bien.

C'était un cadeau extraordinaire. Il n'était pas sûr qu'elle comprenne combien appréciait ce cours accéléré sur son nouveau foyer.

— Et dans ce que tu peux voir de la ville, tu connais déjà le centre communautaire. C'est là que tout se passe, des rassemblements de la communauté aux représentations théâtrales et musicales. Même si nous n'avons pas beaucoup de ces dernières.

Elle croisa son regard, l'inquiétude se lisant dans ses yeux.

— Tu ouvres une galerie d'art ?

— Oui, mais ne t'inquiète pas, je ne me suis pas installé au mauvais endroit. Crois-moi, je pense que Heart Falls partagera mon amour de la beauté.

Il se rendit compte qu'il avait pris son visage entre ses mains sans réfléchir. Il lui caressait la joue du pouce, regardait dans ses yeux marron expressifs.

Elle s'humecta les lèvres.

— Chance ?

— Attends. Je remercie la déesse des chutes pour cet instant.

Un minuscule froncement de sourcils apparut sur le visage de Rose, puis il l'embrassa, tendrement et doucement pendant un moment. Puis son goût arriva précipitamment... ce baiser enivrant dont il rêvait et qu'il avait rejoué encore et encore dans sa tête durant les mois écoulés.

Il se retint tout juste de la dévorer.

Il adoucit son baiser et recula juste assez pour voir avec satisfaction que ce froncement de sourcils qu'il avait vu apparaître n'était plus là. Juste des joues rouges et énormément d'intérêt.

Les deux heures suivantes se passèrent à la perfection. Ils partagèrent le repas et une conversation merveilleuse, accompagnée de quelques baisers *accidentels*. Comme lorsqu'il toucha de son doigt le coin de la bouche de la Rose pour essuyer un peu de chocolat et retrouva soudain ses lèvres contre les siennes, la goûtant et s'emparant de sa bouche alors qu'elle lui rendait son baiser ardent.

Elle avait l'air troublée quand il recula, puis sourit et reprit le cours de la conversation.

— Nous avons avancé lentement avec le Buns and Roses, mais il est temps que nous développions. C'est un peu risqué, mais je pense que nous sommes prêtes.

— J'aurai besoin de fleurs fraîches régulièrement à la galerie, l'informa Chance. J'espère que tu pourras accepter ce contrat. Je veux vraiment acheter local.

— J'aimerais beaucoup, dit-elle. Merci de me le demander. Les achats réguliers sont très utiles. De plus, le bail du magasin à côté du nôtre approche de son terme, et si nous ajoutons cet espace à ce que nous avons maintenant, nous pourrons nous diversifier. Tansy pourra proposer des services de traiteur, et moi je pourrai confectionner des coffrets cadeaux.

— Ce sont toutes de bonnes idées. Tu aimes travailler avec ta sœur ?

— Oui, et avec un peu de chance ce sera bientôt avec *mes* sœurs. La plus âgée d'entre nous, Ivy, est directrice adjointe de l'école primaire du coin, actuellement en congé maternité. Mais notre petite sœur, Fern, vient de finir son école de graphisme, alors d'une certaine manière, les changements sont aussi pour elle. Elle pourrait rejoindre notre affaire et trouver ce qu'elle aimerait explorer.

— Quatre sœurs.

— Nous avons toutes été adoptées, mais oui, nous sommes quand même des sœurs.

Chance hocha lentement la tête.

— Cody et moi sommes demi-frères, mais ne pas partager de sang ne rend pas nos liens moins forts. En fait, le jour où Cody a demandé de prendre le nom de famille de mon père représentait autant pour moi que pour papa. Ça voulait dire que nous étions vraiment une famille. Un frère que j'aurais toujours derrière moi.

Elle lui lança un sourire éclatant.

— Exactement. Nous avons emménagé à Heart Falls juste

après que Tansy a été adoptée quand elle était préado. Ça a atténué difficulté de commencer dans une nouvelle école, parce que nous la gérions ensemble. Elle et moi sommes proches depuis lors.

Rose changea de position pour lui montrer une photo de sa famille sur son téléphone. L'instant d'après, elle se retrouvait sur ses genoux...

Elle l'embrassait, se laissait embrasser. Rien de plus que ces doux baisers étourdissants, mais Chance était aux anges.

Une heure plus tard, il considérait le rendez-vous comme un succès et passait à la caisse avant qu'elle ne se lasse de lui. Ils emballèrent le reste du pique-nique et se levèrent pour partir.

Malgré tout, il ne sut résister. Il ne pouvait pas laisser la journée se terminer si vite. Chance s'approcha un peu et l'entoura doucement de ses bras.

— Tu veux voir où je vais m'installer ?

Elle hocha immédiatement la tête.

— J'aimerais beaucoup.

Impulsivement encore une fois — cette femme faisait ressortir le meilleur chez lui —, il la souleva et la fit tournoyer dans des éclats de rire. C'était bon. C'était *normal*.

Quand il laissa ses pieds toucher le sol, Rose repoussa ses cheveux et essaya d'y remettre de l'ordre.

— C'est rafraîchissant de voir un homme enthousiaste et prêt à le montrer. Nous avons trop de cow-boys par ici, et leur manière de montrer qu'ils ont gagné le gros lot, c'est d'inspirer profondément et de hocher la tête.

— Je ne suis pas un très bon cow-boy alors, avança Chance. Trop émotif.

— Ce doit être l'Irlandais en toi.

— Peut-être.

Ils retournèrent à la voiture main dans la main, sauf sur la partie du sentier où il fallait passer individuellement. Il l'attrapa de nouveau avant qu'ils ne montent dans la voiture et pressa leurs corps fermement l'un contre l'autre en prenant de nouveau ses lèvres.

Elle ouvrit les yeux.

— Un dernier avant-goût pour me rappeler mon premier aperçu de la chute, la taquina-t-il.

Elle resta silencieuse durant les premiers instants du trajet, comme si elle reprenait ses esprits. Il aimait cette idée – que le fait qu'il l'embrasse avait suffi à embrouiller ses pensées.

Puis elle parla et lui donna à nouveau des informations sur la ville. Les endroits où aller s'il avait besoin de réparations automobiles, ceux à éviter pour manger.

— Je suis biaisée, je sais, mais c'est la vérité. Tansy fait les meilleures pâtisseries pour le petit déjeuner et des déjeuners copieux. Le Connie's Diner, c'est là que les fermiers traînent pour absorber sans fin des tasses de liquide marron qu'ils prétendent être du café. C'est un super endroit si tu aimes leur plat du jour le lundi : des œufs, du pain grillé et des galettes de pommes de terre rissolées.

— C'est quoi le plat du jour les six autres jours ?

Rose lui lança un grand sourire.

— Des œufs, du pain grillé et des galettes de pommes de terre rissolées.

Ils étaient désormais en ville. Chance roula lentement, s'assura de prendre le bon virage pour arriver sur Main Street et suivit la bonne direction. Il jeta un bref coup d'œil aux numéros mais était plus concentré sur les noms des commerces.

Miraculeusement, quand il le remarqua, une place de parking vide se trouvait pile devant le magasin.

— C'est là, annonça-t-il.

Il sortit de la voiture et se dépêcha de faire le tour pour ouvrir la portière à Rose et l'aider à descendre.

— C'est là quoi ? demanda Rose en regardant autour d'elle, confuse. Où sera ta galerie ?

— Juste là.

Chance tendit les bras vers le studio de photographe devant eux. Le lieu avait connu des jours meilleurs, et il était sûr que les améliorations qu'il prévoyait rendraient tout le pâté de maisons...

— *Non !*

Le désespoir dans la voix de Rose lui fit tourner brusquement la tête pour voir ce qui s'était passé.

— Rose ? Est-ce que ça va ?

— Non.

Elle agita une main hors de contrôle vers l'ouest de son futur studio.

— Tu ne remarques rien ? demanda-t-elle.

Chance regarda rapidement la rue, les voitures, les gens. Rien ici qui aurait pu faire rougir ses joues de colère.

Puis il comprit. Le magnifique logo à l'ancienne et l'inscription sur la baie vitrée du magasin d'à côté. Voisin de celui qu'il venait d'acheter.

Buns and Roses.

Merde.

— Est-ce que c'est l'endroit que tu allais...

— Oui, le coupa-t-elle sèchement.

— Rose, je suis vraiment désolé. Je n'avais pas idée...

Elle leva une main pour l'interrompre. Une profonde inspiration plus tard, elle dit d'un ton extrêmement poli.

— Merci pour le pique-nique et ton soutien à la levée de fonds de la communauté de Heart Falls. Bonne chance pour ta rénovation.

Avant qu'il ne puisse dire quoi que ce soit, elle fila et disparut dans le café.

7

———

Rose était partie avant de faire ou dire quoi que ce soit d'irréversible.

Heureusement, Tansy était en plein travail et n'eut que le temps de lever brièvement le pouce. Elle supposait probablement que le rencard s'était bien passé.

Mais Fern, leur petite sœur, s'activait dans la salle, servant quelques commandes de la carte, nettoyant des tables. Même si elle était en plein boulot, son regard se plissa lorsqu'elle examina le visage de Rose.

Un instant plus tard, elle avait facilement bloqué le chemin de Rose avec son plateau rempli.

— Qu'est-ce qui ne va pas ? demanda-t-elle discrètement.

Rose aurait voulu continuer à avancer au cas où Chance l'aurait suivie, mais Fern était un limier persistant quand elle voulait des informations. Mentir était hors de question dans leur famille.

— Un truc, mais il me faut du temps pour comprendre.

Fern lui lança un petit baiser puis hocha fermement la tête avant de s'écarter et d'aller vers la cuisine.

— Prends ton temps, mais pas si ça te rend grognon.

— Tu restes le bébé de la famille, lui rappela Rose en l'aidant à ouvrir la porte de la cuisine et à poser le plateau sur le comptoir. Tu n'as pas le droit de traiter tes grandes sœurs de *grognon.*

— Si tu te sens visée...

Fern l'attrapa par le poignet avant qu'elle ne s'enfuie.

— Fais-moi un câlin, puis tu pourras aller être grognon dans ton coin.

— Je ne serai pas grognon, rétorqua Rose.

Puis elle rit car elle devait admettre qu'elle venait de ronchonner en répondant.

— Morveuse.

— C'est bien moi, admit Fern joyeusement.

Elle la lâcha mais eut l'air d'avoir encore quelque chose à l'esprit.

— Hé, Rose ?

— Quoi, mon chou ?

Rose voulait aller à l'étage et donner quelques millions de coups de poing à son coussin pour reprendre le contrôle sur sa colère. Mais sa famille était tout pour elle. Tout comme Fern, qui lui avait fait un câlin bien nécessaire et la taquinerait et la narguerait dans les jours à venir si elle restait en rogne, elle sentait que sa petite sœur avait besoin de quelque chose.

Fern fit la grimace puis écarta ses cheveux frisés.

— Tu penses que je peux convaincre Tansy de me laisser faire la randonnée ? Je sais qu'elle a payé pour le rencard avec Cody, mais j'ai envie d'y aller depuis une éternité et ça ne s'est jamais fait.

— Je ne vois pas pourquoi ce ne serait pas possible, dit Rose tranquillement. Ce n'est pas vraiment un rencard pour eux, juste une sortie sympa. Je pourrai lui en parler si tu veux.

Les yeux de sa sœur s'illuminèrent.

— Ça serait trop bien.

Rose retint un rire.

— En effet.

L'instant familial apaisa assez le courroux de Rose pour que son oreiller survive. Malgré tout, elle ignora le texto que Chance lui envoya pour renouer le contact. Elle n'était pas encore prête à parler de sa réaction.

Par chance, et parce qu'elle fila en douce dans sa chambre de bonne heure, elle évita la discussion avec Tansy sur les détails de son rencard.

Ouais, elle s'était totalement dégonflée et s'était cachée.

Mais lundi était le premier jour de repos de leur week-end décalé, alors, quand Tansy sortit enfin du lit, Rose attendait dans leur salon cosy. Avec des muffins du magasin et un thermos de café, elle était installée pour une discussion sérieuse sur la direction que devait désormais prendre leur avenir.

Tansy se réveilla rapidement, et ses yeux brillèrent lorsque Rose décrivit brièvement son rencard avant de lâcher la dernière révélation : cet homme – l'homme sexy, intéressant qui déclenchait des frissons entre ses cuisses – avait acheté le magasin d'à côté avant elles.

— Je ne suis pas vraiment en colère contre lui, admit Rose. Je suis simplement *en colère*. Nous avions tous ces projets pour agrandir le Buns and Roses, et maintenant ils ne sont plus au programme, et nous devons recommencer. C'est frustrant, et agaçant, et frustrant...

— Et agaçant, avança Tansy obligeamment.

— Tu es la meilleure sœur du monde, lâcha soudain Rose.

Tansy cligna des yeux de surprise, mais Rose pensait chaque mot.

— Tu es aussi une morveuse et tu adores me provoquer, mais je sais que c'est parce que tu m'aimes. Tes distractions m'aident toujours à retrouver l'équilibre.

— Je sais, mon chou.

Tansy entoura de la main le bras de Rose et serra fort. Elle se carra sur son siège, son expression devenant pensive.

— Je sais que tu es déçue...

— Frustrée. Agacée.

Tansy ricana.

— Moi aussi. Mais je dois dire... ne pas avoir le bail d'à côté est peut-être pour le mieux.

Rose accusa le coup.

— Quoi ?

Sa sœur fit la grimace.

— Nous avons beaucoup parlé au cours des années de nous agrandir. Nous avons établi ce plan d'action, et tu y as consacré une tonne de temps et de réflexion. J'apprécie énormément, mais dernièrement je me sens partagée. Et je me rends compte combien c'est agréable d'avoir deux jours entiers de repos par semaine après tant de mois à travailler presque vingt-quatre heures sur vingt-quatre, sept jours sur sept.

— C'est dans les projets d'engager plus de personnel, lui rappela Rose.

Tansy hocha lentement la tête.

— Nos projets sont solides, sœurette. Ce qui a changé, c'est ce que je ressens. Ne te méprends pas, j'aime ce que nous avons accompli avec le Buns and Roses, mais je me demande aussi s'il n'y a pas des leçons à retenir de ce que notre famille nous a montré. Ainsi que nos amis. Qu'un rythme de vie plus calme ne veut pas dire que nous sommes feignantes mais que nous apprécions la vie que nous avons la chance de mener.

L'idée fit son chemin comme du sable s'écoulant sur des rochers et se faufilant dans les crevasses pour remplir les creux vides.

Tansy se pencha en avant.

— Bon, dis-m'en plus sur ce qui s'est passé *plus tôt* lors de ton rencard. Des détails, sœurette. Parce que jusqu'à ce que tu te mettes en colère à la fin, tu étais rayonnante. Je ne t'ai jamais entendu parler d'un gars comme ça avant.

— Il me plaît, admit Rose doucement après en avoir révélé un peu plus. Il y a quelque chose chez Chance qui m'attire. Je ne sais pas ce que c'est.

Sa sœur se renfonça sur son siège et porta un toast avec son café :

— Je te souhaite de le découvrir.

Les paroles de Tansy sur leurs idées commerciales accompagnèrent Rose tout le reste de la journée et la suivante. Mettre leurs projets en pause ? Bien sûr. C'était la seule solution immédiate puisque le magasin voisin n'était plus disponible. Un déménagement dans un nouveau local avec plus de place n'était pas une nouvelle étape logique. Pas après ce que Tansy lui avait appris.

Il était un peu plus de 16 h le mercredi suivant lorsque Tansy passa la tête par la porte de l'énorme chambre froide qui occupait l'essentiel de l'arrière du magasin de fleurs.

— J'ai fermé à clé les portes principales des deux magasins, et une fois que Fern et moi aurons terminé de charger les lave-vaisselles, je monterai à l'étage pour me coucher tôt.

Rose retourna en hâte dans le magasin proprement dit avant que la chambre froide ne se réchauffe.

— Est-ce que tu en reviens à 19 h pour l'heure du coucher, comme quand nous étions petites ?

— Comme si les gâteaux pour le mariage au ranch de Red Boot demain ne suffisaient pas, j'ai aussi accepté pour je ne sais quelle raison de préparer des *cupcakes* individuels.

Tansy bâilla si largement que Rose bâillait à son tour une seconde plus tard, ce qui fit ricaner Tansy.

— Je prévois de commencer à 4 h pour qu'ils soient prêts à temps. Si je ne veux pas me tromper dans mes ingrédients, je mange quelque chose puis je pionce. Comment ça se passe de ton côté ?

Les pâtisseries et les fleurs étaient une commande de dernière minute qu'elles avaient acceptée pour aider de futurs mariés dont la wedding planneuse de cauchemar avait pris l'argent sans absolument rien réserver.

Rose regarda les seaux de fleurs qui attendaient qu'elle en fasse des arrangements.

— La livraison est arrivée en retard alors je vais veiller tard pour que ce soit fait.

Tansy inspira profondément.

— Je vais manger un morceau et prendre un café, et je reviens t'aider.

— Non, intervint Rose en serrant fort Tansy avant de la taper légèrement sur la tête en guise de réprimande. Tu dors déjà debout. Je vais en préparer autant que possible aujourd'hui, puis je me lèverai tôt pour finir, mais je ne peux pas tout laisser, ou je n'aurai pas le temps de faire la mise en place demain matin. Ils auront besoin des fleurs pour les photos avant.

— Alors nous travaillerons toutes les deux dur demain matin, dit Tansy. Fern a pris le contrôle des magasins, et tous les membres du personnel sont prévus pour que ça tourne sans nous, alors nous sommes couvertes de ce côté-là.

Elle marqua une pause puis croisa le regard de Rose sans détour.

— Tu as envoyé un message à Chance ?

La culpabilité saisit Rose.

— Je me sens un peu gênée de le contacter, avoua-t-elle.

— Je sais, mais tu ne peux pas passer à la suite avant d'avoir surmonté ça, dit Tansy, son sourire redoublant. À voir la manière dont il te dévorait pratiquement des yeux quand il est venu tout droit aux enchères, je suis presque certaine qu'il est du genre à tout pardonner, du moment que tu admets que tu as eu un moment d'égarement.

— J'en ai eu un, n'est-ce pas ? demanda Rose doucement.

— Quand est-ce que tu n'en as *pas* ? la taquina Tansy en s'esquivant hors de portée. Je t'aime, sœurette. Vraiment, une chose que j'adore chez toi, c'est que tu es toujours honnête. Que tu aies des sautes d'humeurs, que tu sois joyeuse ou triste... tu es vraie. Ne t'en excuse jamais.

— Mais je devrais m'excuser de l'avoir laissé en plan, non ?

Tansy hocha la tête comme une poupée sur ressort.

— Quand tu en auras la chance. Ha... tu as déjà un Chance si tu veux de lui.

— Va te coucher. Arrête ton numéro.

— Mais je suis un sacré numéro.

Tansy fila vers la porte, gloussant comme une folle alors qu'elle échappait aux griffes de Rose.

— À demain, continua-t-elle. Je t'aime.

— Je t'aime aussi, répondit Rose alors que la porte se refermait derrière Tansy.

Puis elle fit face au mur de fleurs devant elle. Il était temps de creuser une brèche dans la montagne, puis pendant une pause, peut-être, peut-être bien qu'elle enverrait un texto à Chance pour l'inviter à boire un café.

Il y avait quelque chose entre eux, inutile de le nier. Bien sûr, d'après son expérience, Rose savait que la grande excitation de la relation disparaîtrait bientôt. C'était toujours le cas.

Tant pis. Même si sortir avec Chance risquait de ne durer que peu de temps, elle ferait aussi bien de profiter de chaque minute qu'ils partageraient ensemble.

CHANCE SE TENAIT au milieu du studio de photographe vide et se demandait comment retourner cette affaire.

Pas le bâtiment en lui-même. Il avait assez d'expérience pour composer assez facilement avec tous les présentoirs et les murs du fond de la galerie. Même si ça ne faisait que deux jours, le studio d'art à l'étage avait fait l'objet d'une préparation tout aussi soigneuse.

Tous les plans étaient là. Maintenant, il devait s'investir personnellement.

Pourtant il manquait quelque chose.

Quelqu'un.

Il sortit encore une fois son téléphone, avec l'impression d'être un peu un *stalker*. Seul le fait qu'il réussisse à se retenir d'envoyer un message de plus à Rose l'éloigna de ce dangereux territoire.

Tôt ou tard, elle le contacterait, puis il la convaincrait que l'achat du bâtiment avait été un affront involontaire. Avec un peu de chance, ça suffirait à ramener un sourire dans ses yeux.

Être d'un côté du mur, pendant qu'elle était juste de l'autre côté rendait tout ça un peu plus douloureux. Il plongea le rouleau dans le bac de peinture et l'étala sur le mur pour la seconde couche. S'il n'avait pas la chance d'apprendre à mieux connaître Rose, au moins il pouvait expédier quelques tâches sur sa liste de choses à faire.

Le mur entre les magasins n'était pas complètement insonorisé. La station de musique country du côté de Rose était juste assez forte pour qu'il discerne le rythme, mais assez bas pour que les paroles ne soient qu'un bourdonnement sourd. S'il avait eu de la musique de son côté, il n'aurait même pas remarqué la sienne, mais pathétique comme il l'était, même écouter sa playlist était mieux que de faire semblant qu'elle n'était pas là.

Un fracas résonna, du verre brisé tinta, et Rose jura.

Chance lâcha son rouleau et sprinta jusqu'à la porte de derrière. Il se retrouva dans la ruelle et ouvrit la porte à l'arrière du magasin de Rose avant de pouvoir réfléchir.

— Rose ?

L'air frais s'engouffra à sa suite lorsqu'il s'avança vers les jurons. Des jurons hautement créatifs, remarqua-t-il avec admiration.

Il réessaya.

— Rose, est-ce que ça va ?

Il entra dans son atelier au moment où elle tournait la tête vers lui. Elle leva une main pour le mettre en garde.

— N'approche pas. Il y a du verre partout sur le sol.

— Je vois ça.

Ce qui voulait dire du verre tout autour d'elle, avec une paire de sandales ouverte aux pieds.

— Ne bouge pas, continua-t-il. Où est ton balai ?

Elle ouvrit la bouche comme si elle était sur le point de protester, puis elle secoua légèrement la tête. Elle indiqua le mur opposé.

— Utilise celui-là. Malheureusement, ce n'est pas la première fois que je suis maladroite.

Chance s'approcha en hâte du mur et attrapa son arme, balayant prudemment tous les débris sur un côté en même temps qu'il s'avançait vers elle. À l'instant où il la rejoignit, il appuya le balai sur un large îlot près d'elle.

— Il faut t'éloigner de ce champ de mines.

Rose hoqueta et agrippa ses épaules lorsqu'il l'attrapa par les hanches et la souleva sur le comptoir.

— Chance, arrête. Je dois...

— Tu dois éviter de te blesser, l'informa-t-il. Tu as des morceaux de verre partout sur les pieds. Retirons-les avant qu'il ne se passe quelque chose.

Elle leva un pied et grimaça.

— Je n'avais pas remarqué.

— C'est pour ça que je vais t'aider à nettoyer ça.

Il tendit la main vers la boucle de sa sandale et se rendit compte que sa chemise était éclaboussée de peinture. Il ne tenait nullement à ajouter de la pagaille à la soirée déjà compliquée de Rose. Il passa sa chemise par-dessus sa tête puis la roula prudemment pour que la peinture se retrouve toute à l'intérieur.

Il avait pris le pied de Rose entre ses mains avant de lever les yeux pour la découvrir en train de le regarder fixement, bouche entrouverte.

Elle cilla puis leva le regard de son torse pour croiser le sien.

— Je ne sais pas en quoi enlever tes vêtements va aider à nettoyer les morceaux de verre, mais j'ai du mal à te demander de remettre ta chemise.

C'était un aveu charmant. Il laissa apparaître un sourire alors même qu'il se concentrait pour lui retirer ses sandales et épousseter doucement les éclats de verre.

— Laisse-moi terminer de balayer le sol avant de redescendre.

Elle hocha la tête puis indiqua les éviers.

— Si tu m'apportes un tissu mouillé, je m'en servirai pour vérifier que tu as retiré tous les éclats.

— Bien sûr.

Une inspiration le frappa, et il balaya tout le coin avant d'avancer lentement vers les éviers. En dehors d'une tonne de seaux de fleurs à longues tiges, le reste de l'espace de travail était impeccable et bien rangé. Exactement comme il avait imaginé le territoire de Rose.

Quand il revint avec un tissu mouillé, au lieu de le lui tendre, il prit les devants, prenant encore une fois son pied dans la paume de sa main puis lavant prudemment sa cheville, le dessus du pied et l'extrémité de ses orteils peints de couleur vive.

— Tu n'as pas à faire ça, dit Rose doucement.

— J'en ai envie.

Chance la fit pivoter sur le comptoir pour essuyer son autre pied. Son corps n'était qu'à quelques centimètres du sien, et le petit tremblement dans la respiration de Rose lorsqu'il la toucha fit palpiter le sang plus fort dans ses veines.

Délibérément, il posa le tissu humide au-dessus de sa chemise puis la fit de nouveau pivoter, cette fois vers lui. Les jambes de Rose s'écartèrent alors qu'il s'avançait entre elles et laissait ses doigts dériver le long de ses cuisses.

— Comment vas-tu maintenant ?

Elle inspira, le souffle court pendant un instant.

— Il semblerait que je suis non seulement maladroite mais aussi un peu fiévreuse.

Parfait. Chance glissa les mains sur ses hanches et l'attira vers lui. Il regarda fixement ses lèvres, sachant que toutes sortes de conversations devaient intervenir d'abord, mais bon sang, il avait envie de...

Rose l'attrapa par les joues et l'attira dans un baiser. Dévorant, torride. Pile comme il le voulait et exactement ce dont il avait besoin.

Il passa les mains autour de sa taille pour les coller l'un contre l'autre, chaleur contre chaleur, désir contre désir.

Quelles que soient les questions qu'ils avaient, cette partie-là, ils l'avaient vraiment résolue. Ensemble ils étaient un combustible, et il s'abandonna à son baiser, caressant sa langue, mordillant sa lèvre inférieure avant de déposer des baisers le long de sa mâchoire jusque sous son oreille.

Elle se cambra et gémit.

— Nous ne devrions pas faire ça.

— Faire quoi ? la taquina-t-il. Nous embrasser ? Nous toucher ?

Les mains de Rose étaient sur sa ceinture.

— Pourquoi s'arrêter là ?

Chance l'attrapa par les poignets. Il attendit que leurs regards se croisent.

— J'ai envie de toi. Mais je ne ferai rien si tu n'es pas sûre.

Elle hocha la tête.

— Je suis sûre. Vraiment, vraiment sûre.

8

Peut-être que quelque chose avait changé au fond de son âme quand ils s'étaient rencontrés en avril. Peut-être que c'était une magie persistante qui provenait des enchères pour célibataires. Quelle qu'en soit la raison, Rose Fields vivait un moment extraordinaire, et c'était parfait.

Ses doigts caressèrent la peau chaude des épaules de Chance avant de glisser sur sa taille, ses paumes en caressant la surface ferme.

La musique de fond passa de la balade romantique d'un cow-boy à une chanteuse qui prévenait qu'elle allait enterrer le corps là où personne ne le trouverait jamais...

— Tu souris, remarqua Chance. Et je ne pense pas que ce soit à cause de quelque chose que j'ai fait.

Il défit un autre bouton de la blouse qu'elle portait toujours en travaillant.

— Je te le dirai une autre fois si on continue à se déshabiller maintenant.

— Condition acceptée.

Chance émit un murmure appréciateur en révélant son

soutien-gorge et ses doigts caressèrent le bord de la dentelle avec révérence.

— Tu es si douce, continua-t-il. Si belle.

— J'aime bien que tu sois aussi soigné, admit-elle.

Elle n'était plus qu'en sous-vêtements avant de se rappeler quelque chose d'important.

— Tu as un préservatif ?

Il s'immobilisa, puis jura.

Elle leva une main pour se couvrir la bouche, en partie pour s'empêcher de pester et en partie parce que l'expression de Chance était vraiment amusante.

Il leva le menton de Rose dans sa main.

— Changement de plan, à moins que tu n'aies ce qu'il faut dans un petit placard.

— Il n'y a pas un bout de latex dans le coin où tu apprécierais d'être emballé.

Il l'embrassa – la dévora, en vérité. Il prit ses seins dans ses paumes et lui taquina les mamelons avec ses doigts forts et larges, l'enveloppant de plaisir alors qu'il lui coupait le souffle et l'époustouflait.

Elle passa les jambes autour de ses hanches et l'attira à elle, collant le mince tissu de sa petite culotte contre l'épais renflement maintenu par son boxer.

Chance grogna alors que ses hanches tressaillaient contre elle.

C'était sexy et torride, comme sorti d'un manuel scolaire du lycée tandis qu'ils se frottaient l'un contre l'autre, se taquinaient et se mordillaient. Elle enfonça les doigts dans les muscles de son dos, se cambra et se balança pour accentuer le contact entre eux.

L'excitation grimpa en flèche, et le plaisir enfla si vite que Rose se retrouva à haleter. Elle s'agrippa plus fort à lui alors que les vagues déferlaient.

Chance émit un sifflement vif. Il serra la main dans les cheveux de Rose et lui tira la tête en arrière, l'embrassant une dernière fois.

Ils cherchaient tous les deux leur souffle un instant plus tard, enlacés, elle assise sur le comptoir avec lui encore entre ses cuisses.

— Rose ?

— Ouais ?

C'était une sensation étrange et pourtant confortable d'être à moitié nue avec lui, d'avoir fait quelque chose d'aussi intime et de maintenant s'attarder l'un contre l'autre. Rose n'avait jamais ressenti une telle connexion physique, si naturelle.

Il expira lentement, un souffle d'air chaud qui lui caressa la joue.

— Je suis désolé d'avoir gâché tes projets d'agrandissement.

Elle se mit à rire doucement.

— C'est vraiment ce qui te passe par la tête en ce moment ?

— Faire un deuxième round avec un vrai préservatif est la première chose qui me passe par la tête, ainsi qu'une centaine d'autres idées, mais je voulais que tu le saches.

— C'était simplement une étrange coïncidence, et ce n'était pas ta faute. Est-ce que tu me pardonneras d'être partie en colère alors que nous avions passé un après-midi aussi agréable ensemble ?

— J'ai déjà oublié, lui assura-t-il.

Seulement, il la regardait d'un œil spéculateur en l'aidant à descendre du comptoir.

— Tu vas disparaître si je vais aux toilettes pour gérer la pagaille ?

Elle lui lança un sourire un peu coupable.

— La porte est dans le coin à droite. Je te promets que je serai encore là.

Quand il revint, elle avait utilisé l'évier de son magasin

pour se rafraîchir un peu elle-même. De plus, elle avait balayé le reste des morceaux de verre et cherché dans le placard quelque chose qu'elle à lui prêter.

Chance siffla joyeusement en traversant la pièce vers elle.

— Qu'est-ce que c'est ? demanda-t-il quand il accepta la pile de tissus qu'elle pressa contre lui.

— Ce n'est pas que ce que tu portes me dérange, mais il faut que l'air soit frais ici pour les fleurs. Si tu veux rester, tu auras besoin d'une chemise.

Il la secoua et fronça légèrement les sourcils devant le tissu bleu foncé.

— Pourquoi est-ce que tu as des chemises d'homme qui traînent chez toi ?

Elle en enfila une autre pour elle et pivota comme un mannequin.

— Je les prends à la friperie. Elles sont plus pratiques qu'un tablier, et elles sont faciles à laver et à porter.

Il enfila la chemise, l'air assez satisfait de la taille.

— Tu peux m'habiller quand tu veux. Ou me déshabiller, d'ailleurs, ajouta-t-il avec un clin d'œil.

Ils étaient terribles. Rose l'attrapa par la main et l'attira vers deux chaises installées là pour les moments où elle devait soulager ses pieds.

— Je suis vraiment désolée de t'avoir laissé tomber l'autre jour. J'ai passé un merveilleux moment à te montrer Heart Falls, et je n'aurais pas dû...

— J'ai passé un bon moment aussi, l'interrompit Chance. Concentrons-nous là-dessus. Et davantage.

Il se pencha en avant sur sa chaise, lui caressant les phalanges du pouce.

— Tu m'intrigues, Rose Fields, continua-t-il. Tu as envahi mes rêves, et je ne me lasse pas de toi physiquement. Mais ce n'est pas seulement que je bande à chaque fois que je pense à toi. Je souris aussi, et par certains aspects, ça me donne envie de secouer la tête. Je ne devrais pas être aussi fasciné, mais je le suis.

— Je ressens la même chose, avoua Rose. Alors que faisons-nous de cette étrange compulsion à être ensemble ?

— On s'y abandonne, dit Chance joyeusement. On apprend vraiment à mieux se connaître. Ce qu'on aime, ce qu'on n'aime pas. On rencontre la famille de l'autre.

Tout se passait à une vitesse folle, pourtant Rose n'arrivait pas à laisser venir les mots pour ralentir.

— Ça ressemble à sortir ensemble. Je pense que j'aimerais ça.

— Je suis invité à dîner chez tes parents, dit Chance, vendredi soir.

Rose cilla.

— D'accord ?

Il se mit à rire.

— Non, je ne demande pas, je te le dis. Ton père m'a appelé hier et m'a dit d'être là à 17 h 30 et d'apporter du vin. Du rouge, quelque chose qui aille pour accompagner un ragoût de buffle. Puis il s'est mis à rire pour je ne sais quelle raison.

Oh, pour l'amour du ciel ! Fern avait dû faire quelques suppositions, puis dit quelque chose à la maison, et maintenant sa famille organisait une intervention.

Rose se redressa légèrement et retira les mains hors des siennes.

— Tu vas chez mes parents pour dîner ? *Ce* vendredi ?

— Oui, et j'espère du fond du cœur que tu seras là. Parce que, d'après ce que j'ai vu de ton père aux enchères, j'aimerais que tu sois là en renforts. Et peut-être Tansy, parce que ta sœur semble avoir le doigté pour le gérer.

La pensée que son père pouvait intimider cet homme sûr de lui la fit sourire.

— Est-ce là que je dois t'avertir que ce n'est pas du côté masculin de l'équation que tu dois t'inquiéter ?

— Ta mère ?

Rose hocha la tête puis son sourire redoubla.

— Et ma grand-mère si elle est là.

— Les mères sont toujours les plus protectrices, dit Chance en hochant la tête. Je suis prévenu.

Il regarda autour de lui.

— Il est tard, mais on dirait que tu as du pain sur la planche. Elle hocha la tête.

— Ça arrive parfois.

— Est-ce que tu as besoin de mains supplémentaires ?

Cette proposition était inattendue mais si sincèrement faite que Rose marqua une pause et réfléchit.

— Je t'ai surpris en plein milieu de tes occupations. De peinture, je pense.

Il haussa les épaules.

— Ça peut attendre. Dis-moi ce que je dois faire, et je te seconderai de manière efficace pour les tâches futiles.

— Merci. Si tu es sérieux, j'aimerais beaucoup avoir un coup de main de ta part.

Il était un élève enthousiaste, et l'arrangement était assez simple pour que, avec Chance qui l'aidait à rassembler et à préparer les matériaux, les bouquets soient assemblés sans heurts. Ils commandèrent une pizza pour continuer à travailler pendant le dîner.

Pendant tout le temps où ils travaillèrent, ils discutèrent, rirent, et partagèrent des histoires.

L'attirance entre eux était indéniable, mais ceci l'était aussi. La facilité avec laquelle elle lui racontait sa vie, expliquait ce que c'était de grandir dans une petite ville, de trouver des liens dans leur famille, créée par choix et non par la naissance. Elle lui parla de sa sœur aînée Ivy, de son beau-frère Walker et de l'excitation de toute la famille car ils avaient récemment adopté trois enfants.

Chance partagea d'autres anecdotes sur son déménagement au Canada quand il était adolescent et retraça comment, après tant d'années à être resté enfant unique, Cody était entré sa vie.

— Ça a pris un moment, mais après le début de la crise d'adolescence, j'ai appris à l'apprécier au-delà de toute mesure. La famille est tout pour moi, lui dit Chance. J'ai voyagé et j'ai vécu loin, mais nous sommes toujours restés en contact. Nous pensions toujours l'un à l'autre parce que nous ne pouvions pas imaginer de ne pas le faire. Voilà ce que la famille représente pour moi. Une bénédiction que je ne m'attendais pas à recevoir.

— Ce n'est pas toujours vrai pour tout le monde, mais la famille Fields est comme ça aussi, acquiesça Rose. De nous toutes, Tansy a eu le plus de difficultés à croire que nous n'allions jamais l'abandonner, mais maintenant c'est la plus grande supportrice de la famille.

— C'était la plus âgée, c'est ce qui a rendu l'adaptation plus dure, non ?

— Peut-être, réfléchit Rose. Je me souviens que, lorsque nous avons découvert que nous étions nées le même jour de la même année, maman a décidé que ça faisait de nous des jumelles. Je pense que ça nous a donné l'impression que nous avions quelque chose de spécial. Étions chacune *quelqu'un* de spécial. C'était le début de notre amitié. La sororité est arrivée plus tard.

— C'est charmant.

Quand ils fermèrent enfin la boutique quatre heures plus tard, quatre-vingt-dix pour cent de ses tâches pour le mariage étaient terminées.

Chance marqua une pause à côté de Rose lorsqu'elle tendit

la main vers l'interrupteur et se prépara à fermer à clé. Il la retourna dans ses bras puis passa les doigts sous son menton.

— J'ai passé un bon moment ce soir.

— Merci de m'avoir sauvée, dit Rose. À la fois des morceaux de verre et de devoir à travailler jusqu'à minuit.

— Pas de problème.

Il se pencha vers elle mais s'arrêta avant que leurs lèvres n'entrent en contact.

— Un baiser de bonne nuit ? demanda-t-il.

Refermer la distance entre eux semblait naturel, semblait normal.

Et même si elle avait apprécié tous leurs baisers jusque-là, celui-ci était doux et tendre et envoya une troublante nuée de papillons lui chatouiller le ventre. Quand il s'en alla en lui adressant un clin d'œil et un sourire, Rose resta là pendant un moment, les doigts pressés contre sa bouche.

Légèrement perplexe que le destin soit vraiment aux commandes de sa vie.

9

———

Chance s'arrêta sous le porche de la grande maison familiale, bouteille de vin à la main. Il se tint un peu plus droit, se préparant pour...

La porte d'entrée s'ouvrit avant qu'il ne puisse poser la main sur l'énorme heurtoir. Une jeune femme avec des cheveux noirs très frisés apparut devant lui comme un joyeux diable jailli hors de sa boîte. Il la reconnut d'après les photos familiales de Rose comme étant sa plus jeune sœur, Fern.

— Bonsoir. Vous êtes là. Entrez.

Fern recula, le laissant entrer, et referma la porte.

— Je viens juste de rentrer, dit-elle en se retournant pour retirer un sac à dos surdimensionné avant de commencer à le déballer.

Des livres d'art, des blocs à dessin, une prothèse de bras avec un gant noir sur la main.

— Est-ce que je peux vous aider avec quoi que ce soit ? proposa Chance.

Elle accrocha le sac puis se tourna pour lui tendre la pile de fournitures d'art.

— Bien sûr. Vous pouvez emporter ça ? Mais je vais prendre mon bras. Je dois le charger.

Chance accepta la pile de livres alors même qu'il regardait de plus près son bras.

— Très chouette. C'est un dispositif myoélectrique ?

Elle haussa un sourcil.

— Oh, voilà qui est intéressant. Un propriétaire de galerie qui connaît la bionique.

— Pas vraiment. Un certain nombre d'artistes auxquels je commande des œuvres portent des prothèses, mais c'est à peu près tout ce que je sais, lui dit Chance.

Elle lui fit signe d'avancer.

— Par ici. La station de recharge se trouve dans la salle à manger à côté de la cuisine. C'est là que sera Rose.

La jeune femme compétente avança devant lui, passant rapidement à travers des pièces dans lesquelles il aurait eu envie de ralentir et de s'attarder. La salle à manger contenait une table massive entièrement recouverte de matériel de jardinage et de boîtes peintes. La pièce étroite qui suivait contenait des bibliothèques allant du sol au plafond et deux fauteuils cosy placés dans des coins opposés. Partout, on voyait des photos de famille, la plupart improvisées sans avoir pris la pose.

Ils allèrent vers la cuisine, où une chanson flottait dans l'air, et les odeurs de romarin et de sucre lui chatouillèrent les sens. Il s'arrêta dans l'arche de l'entrée, et un flot d'images l'envahit.

La cuisine. Une pièce familiale. Des portes-fenêtres grandes ouvertes sur un jardin débordant de couleurs. D'autres chaises et des tables, comme autant de petits rassemblements intimes.

Rose se tenait devant la cuisinière. Fern passa derrière elle vers le coin de la pièce voisine. Une femme mince aux cheveux blond pâle s'activait devant les robinets, la tête penchée sur le côté alors qu'elle tenait un téléphone en discutant discrètement.

— Chance. C'est si bien de t'avoir ici.

La voix quelque peu familière de Malachi Fields attira l'attention de Chance sur la gauche. Le père de Rose s'avança et déposa un immense saladier entre ses mains.

— Écosse-les, s'il te plaît, ajouta-t-il.

— Viens. Il y a une chaise ici.

Cette fois c'était une voix beaucoup plus douce, et Chance se retourna pour voir la femme plus âgée, qui devait être la mère de Rose, lui désigner un tabouret devant l'îlot de la cuisine.

— Je m'appelle Sophie. Voici la casserole pour les pois.

Elle lui tapota l'épaule puis s'éloigna, levant son téléphone et reprenant instantanément sa conversation.

— De quelle quantité de sang parlons-nous ? demanda-t-elle.

Le reste de la conversation se perdit alors qu'elle s'éloignait hors de portée de son ouïe.

Chance s'installa d'un air perplexe sur le tabouret et commença à s'occuper de la tonne de pois que Malachi lui avait tendue.

Quelqu'un lui poussa légèrement l'épaule.

— Je vois qu'ils vous ont déjà mis au travail, le taquina Fern.

— J'adore le travail, assura Chance sérieusement.

Fern se mit à rire puis se tourna vers sa sœur.

— Pour quoi as-tu besoin d'aide, Rose ?

— Tu peux aller voir ce qu'il y a dans le jardin pour la salade ? suggéra cette dernière.

— Pas de problème. À plus tard, dit Fern à Chance.

Elle attrapa un saladier et sortit par la porte-fenêtre.

Malachi était de retour.

— Impressionnisme ou Renaissance ?

La question était sortie de nulle part. Chance se détourna de la douce scène domestique et réunit sa concentration. Ce devait être une question sur le genre d'art qu'il prévoyait d'afficher dans sa galerie.

Il lança :

— Moderne. Classique. Amélioré numériquement dans certains cas. Parfois illustré à la main, parfois généré par ordinateur. Parfois de la bonne vieille huile, de l'acrylique ou de l'aquarelle.

— Fascinant.

Le père de Rose s'installa sur le tabouret à côté de Chance. Malachi tendit la main dans le plat de pois et commença à placer les petits boutons verts dans la casserole.

— Numérique, tu as dit. Tu devrais en parler à Fern. Entre autres, elle a fait des décors pour des jeux.

— C'est intéressant.

Des idées tournaient dans le cerveau de Chance, mais ce n'était pas le moment d'être distrait parce que Malachi parlait déjà de livres. Spécifiquement, du magasin qu'ils possédaient et dirigeaient en ville : Fallen Books.

— Tu es le bienvenu quand tu veux. J'essaie de démarrer un club de lecture pour hommes, dit Malachi. Les femmes, c'était facile. Nous avons proposé du vin et un dessert, et nous sommes pleins à chaque fois.

— C'est la soirée sans enfants qui les a convaincues, lança Sophie depuis l'autre pièce.

Chance laissa apparaître un grand sourire.

— De la bière et des livres pourraient fonctionner tout aussi bien.

— Peut-être. Plus de la tarte. Ou de la pizza, mais de la tarte pourrait mieux fonctionner.

Malachi avait l'air pensif. Il se leva et s'éloigna en marmonnant.

Pour la première fois depuis que Chance était entré dans la maison, le silence tomba. Un calme paisible, troublé par un rire léger.

— Tu devrais voir ta tête, le taquina Rose.

Il se retourna sur son siège et la trouva encore devant la cuisinière.

— Je n'ai rencontré que quatre d'entre vous, mais j'ai l'impression que c'était beaucoup plus que ça.

— On peut être assez fatigants, mais on est sympa. Ça se calmera une fois qu'Ivy arrivera. Nous avons encore tendance à mieux nous comporter quand elle est là, et nous essayons d'être gentils jusqu'à ce que ses enfants adoptifs s'habituent un peu plus à la famille.

Rose déplaça la casserole du feu et s'approcha pour lui dire bonsoir.

— Je suis contente que tu sois là.

— Moi aussi.

Elle surprit Chance en passant les bras autour de lui pour unir leurs lèvres, mais il suivit aussitôt le mouvement. Il concentra son attention sur la douce bénédiction de cet accueil et ignora la pensée qu'au moins un membre de la famille devait être sur le point de les interrompre.

— Déjà en train de vous embrasser dans la cuisine ? Bon sang, je suis impressionnée.

Tansy entra dans la pièce et s'appuya contre le plan de travail à côté deux.

Chance l'appréciait. Il aimait la manière dont Rose parlait de sa sœur, et il était clair qu'elles se soutenaient mutuellement.

Ce qui voulait dire que taquiner Tansy était une nécessité absolue.

— Je dois être à la hauteur, dit-il. Mademoiselle *Je Doublerai la Somme Si Vous Ajoutez le Frère*.

Elle rit.

— Tu m'avais l'air amusant.

— Absolument. Je vis pour le danger.

Rose se mit à rire doucement, ses doigts lui caressant la nuque.

— Un lot de deux pour le prix d'un est toujours une bonne affaire, dit-elle.

— Sauf la fois où deux putois ont décidé d'élire domicile dans le jardin, releva Tansy obligeamment.

— J'espère que Cody et moi nous nous classons plus haut que ça.

Tansy passa à côté d'eux et regarda dans les casseroles alignées sur la cuisinière.

— Va lui montrer le jardin, ordonna-t-elle à Rose. Je prends le relais.

— Ne t'inquiète pas, assura Rose. Il n'y a pas de putois.

Il connut un autre moment de surprise quand Rose le prit par la main et le guida dehors pour explorer le jardin. Quelques minutes plus tard, il rencontra la dernière sœur, Ivy, plus son mari, Walker, et leurs trois enfants : Carter, Chloé et Harper.

Les heures qui suivirent passèrent en un éclair. Il discuta, mangea et regarda tout, des carottes que l'enfant la plus jeune avait déterrées dans le jardin (trois fois) puis replantées, aux carnets de croquis de Fern. Chance fut rarement avec plus d'un membre de la famille Fields à la fois, et il n'était jamais avec aucun pendant plus de dix à quinze minutes avant qu'un autre ne les interrompe et ne s'éclipse avec lui.

Trois heures plus tard, il était assis sur la balançoire à taille adulte, Rose se balançant près de lui avec un gai sourire aux lèvres. Son estomac était bien rempli après un repas savoureux, et sa tête bourdonnait de toutes les informations dont la famille l'avait abreuvé. Les questions qu'ils lui avaient posées avaient été sérieuses mais toujours ouvertes. Comme s'ils lui laissaient poliment la possibilité de ne pas répondre s'il le voulait.

Il regarda pensivement la femme à côté de lui.

— C'est une soirée merveilleuse.

Elle se balança un peu plus fort, se pencha en arrière et leva les pieds.

— J'aime ma famille, mais nous avons tendance à suivre notre propre voie. À cause de l'anxiété sociale et de la santé d'Ivy quand elle était plus jeune, un dîner familial n'impliquait jamais de grands rassemblements autour de la table. Notre routine plus chaotique fait parfois peur aux gens.

— J'ai bien aimé, admit Chance. J'ai pu avoir de vraies conversations avec chacun d'eux, sans que personne prenne le dessus et sans devoir mener la discussion.

— Exactement.

Rose fredonna un air joyeux en se balançant.

Chance était assis sur sa propre balançoire et la regardait, ses yeux suivant la ligne de ses jambes alors qu'elle se propulsait d'avant en arrière.

Elle était si pleine de vie, si intensément belle, il n'était pas sûr de pouvoir se comporter comme un adulte mature et donner à leur relation le temps dont elle avait besoin pour se développer. L'envie de dire quelque chose de fou sur ce qu'il ressentait déjà était puissante.

Il était attiré par elle, intrigué...

Il tombait sous son charme.

C'était trop rapide, même si dans son âme, il savait que c'était normal. Ce qui voulait dire que, bizarrement, il devait faire des projets pour s'assurer qu'elle ressentait la même chose, s'assurer que cet été serait rempli de la magie nécessaire non seulement pour mettre son studio et son nouveau foyer sur pied, mais aussi pour une nouvelle vie.

Une vie pleine d'occasions de voir Rose s'épanouir.

10

———

Le premier cadeau arriva le lendemain matin.

Rose descendit l'escalier pour prendre le journal avant de remonter en hâte à leur appartement avec la gigantesque enveloppe entre ses mains.

— Qu'est-ce que c'est ? demanda Tansy.

Prudemment, Rose utilisa un coupe-papier pour ouvrir le haut de l'enveloppe grand format.

— Aucune idée, mais elle m'est adressée et n'est pas timbrée. Alors c'est quelqu'un du coin qui l'a déposée dans la boîte aux lettres.

Elle sortit doucement les deux morceaux de carton et les écarta pour dévoiler une photo éblouissante d'un bouquet de roses jaunes. Ce n'était pas un cliché de face, il avait été pris sous un angle légèrement décalé. Les jaunes vifs et les ombres pâles contrastaient vivement, le fond de l'image se fondait en un flou agréable qui, étrangement, faisait ressortir les fleurs au point qu'elle aurait juré pouvoir les toucher.

— Oh. Que c'est beau !

— Quelqu'un a un faible pour toi, la taquina Tansy. Et quelqu'un a beaucoup de talent. Regarde.

Elle indiqua le logo à l'arrière de la photo.

Un C et un G stylisés se chevauchaient avec les mots *projets artistiques* formant des vagues comme une calligraphie à l'ancienne derrière.

Rose rougit de plaisir.

— C'est le logo de Chance.

— Chance et Rose, assis dans un arbre, à S'E-M-B-R-A-S-S-E-R, chanta Tansy, mais elle affichait un grand sourire en passant un bras autour des épaules de Rose. Je pense qu'il est bien, et plus que ça, je pense que *tu* penses qu'il est bien.

— Oui. Mais nous sortons juste ensemble, dit Rose. Il n'y a aucune garantie que ça aille quelque part.

— C'est vrai.

Tansy se pencha en avant et examina la photo d'un peu plus près.

— Ce sont tes roses. Celles de ton magasin.

Rose cilla puis regarda elle-même plus attentivement.

— Tu as raison.

Il avait dû la prendre la nuit où il l'avait sauvée des morceaux de verre cassé et était resté pour l'aider.

Elle posa la photo sur l'étagère, où elle pourrait la voir facilement.

Ce n'était que le début. Chaque jour, un nouveau présent arrivait pour la faire sourire. Aucun des bibelots n'était cher, nombre d'entre eux n'avaient rien coûté ou avaient été faits à la main. Un joli caillou que Chance avait trouvé en explorant, un bouquet fait de délicates branches de saule attachées avec de la ficelle rustique.

Un petit bouton métallique avec une minuscule grenouille peinte au milieu. Sur le bord se trouvaient les mots *Je me réveille au chant du croa.*

Après le premier matin, Chance lui-même accompagnait les offrandes, et à chaque fois qu'il venait les lui présenter, Rose se surprenait à le regarder fixement, se demandant s'il allait disparaître. Si le doux émerveillement de leur situation allait s'évanouir, ou s'il se rendrait compte que la vie dans une petite ville n'était pas ce qu'il cherchait.

Une petite partie d'elle s'inquiétait. Allait-il se rendre compte qu'*elle* n'était pas ce qu'il cherchait ?

Mais il continuait à venir.

Il l'invita à aller au cinéma avec lui, l'accompagna dans ses promenades. À l'occasion, ils se retrouvaient dans la soirée, mais le plus souvent, ils s'étaient mis à voler un moment au milieu de la journée, se rejoignant pour le déjeuner.

Deux semaines après le dîner chez les parents de Rose, Chance arriva au magasin de fleurs avec un déjeuner pour deux et un livre soigneusement emballé dans du papier familier.

Rose écarta le projet sur lequel elle travaillait pour qu'il puisse poser leur repas.

— Qu'as-tu acheté à Fallen Books ?

— Ce n'est pas pour moi. Je suis passé voir ton père, et il a dit que ta commande spéciale était arrivée. Je lui ai proposé de la livrer.

Elle marqua une pause alors qu'elle décollait le scotch.

— Tu rendais visite à mon père ?

— Oui, dit Chance aimablement. Tu veux le jambon-fromage ou le dinde-sauce cranberry ?

Rose hésita encore une fois.

— Tu ne les as pas pris au Buns and Roses. Tansy ne prépare jamais de sandwichs à la dinde pendant l'été.

— C'est ce que j'ai entendu dire. Mais tu as dit que c'était tes préférés, alors je les ai préparés moi-même.

Il retira le papier et posa le sandwich sur son assiette puis la lui tendit. Comme elle restait assise sans bouger, il se mit à rire. Il posa une main sur la sienne et la serra.

— Rose ? Est-ce que tu es partie, mon cœur ? Tu flottes avec les fées ?

Mon cœur. Un frisson remonta le long de son échine.

Mais ce n'était qu'une expression, alors elle se reprit. Cette seule visite offrait beaucoup d'éléments intéressants à déballer, et elle ne parlait pas du paquet.

— Tu avais besoin de commander des livres ? C'est pour ça que tu es allé au magasin ?

— Je voulais encore faire le tour. Tes parents dirigent un magasin indépendant de qualité. C'est impressionnant, dit-il en prenant son sandwich. Ton père et moi avons discuté. De livres, d'art, des événements de la communauté. Il se peut que je me sois porté volontaire pour organiser une soirée artistique pour les hommes. De la photographie, de la peinture. Mes domaines d'expertise vont avec ses tentatives d'encourager une sortie livres-et-bières.

— Une soirée artistique pour les *mecs* ?

Rose réfléchit, imaginant les maris et les petits amis de ses amies en train d'assister à un tel événement.

— C'est original et nouveau pour la région, décida-t-elle.

— En effet, dit Chance avec un grand sourire. Nous aurons de la pizza et de la bière, aussi, alors je suppose que certains mecs viendront rien que pour ça.

— Tansy vient de recevoir le four à pizza mobile qu'elle a commandé. Elle pensait tenir un stand éphémère dans différents endroits de la ville une fois par mois. Tu pourrais essayer de l'amadouer pour qu'elle cuisine pour la soirée entre mecs.

Il tint son sandwich d'une main pour pouvoir glisser l'autre autour de sa taille et la serrer contre lui.

— Je préférerais t'amadouer toi et que tu t'occupes de la convaincre. Si tu veux bien l'envisager.

Se nicher sous son bras ajoutait simplement au confort de leur moment intime.

— Je pourrais me laisser convaincre.

— Ah, madame doit être convaincue pour opérer sa magie. Tu as des idées du genre d'encouragement que ça demanderait ?

Ses paroles s'entourèrent sur elle comme une caresse.

Encore un aspect auquel elle était déjà accro chez lui. Il embrouillait son cerveau sans aucun effort et faisait chanter ses sens par un seul contact.

Elle leva son sandwich.

— Tu m'as préparé mon déjeuner préféré. Je me sens déjà positivement motivée pour toi.

On passa des accords, organisa des projets.

Entre les heures habituelles nécessaires pour diriger le Buns and Roses et le temps qu'elle passa avec sa famille pendant le reste de la semaine suivante, Rose se retrouva à jongler de plus en plus pour trouver du temps avec ses amies *et* caser des moments à passer avec Chance. Être avec lui semblait aussi naturel et nécessaire que de respirer.

Le premier lundi d'août, Tansy était censée partir pour la randonnée avec Cody et Fern. Seulement, ce matin-là, Rose trouva sa sœur pelotonnée sur le canapé avec une boîte de mouchoirs près d'elle.

Tansy leva des yeux larmoyants pour croiser son regard.

— Je me sens mal.

Mince.

— Les rhumes en été, c'est affreux, dit Rose avec empathie. Tu veux que j'appelle Cody et que j'annule ?

Tansy agita la main.

— Fern a tellement hâte qu'annuler lui briserait le cœur. Dis à Cody et à elle d'y aller sans moi.

— D'accord. Je peux t'apporter quelque chose ?

— Du thé, puis je retourne au lit.

Elle éternua violemment quatre fois de suite et elle émit un grognement.

— Ma tête va exploser, ajouta-t-elle.

Rose passa les appels pour Tansy, prépara du thé puis, après avoir mis sa sœur au lit, descendit l'escalier pour retrouver Chance.

Un mois. Cela ne faisait qu'un mois qu'il était arrivé à Heart Falls pour la deuxième fois, et pourtant franchir la courte distance entre leurs magasins était devenu une habitude.

Elle frappa à la porte arrière de la galerie. Quand il répondit quelques secondes plus tard, il était encore une fois couvert de peinture.

— Tu es habillé pour aller au bureau, le taquina Rose. Heureusement, les taches de peintures te vont bien.

Il l'attira dans le magasin, veillant à tenir le corps bien éloigné du sien lorsqu'il rapprocha la tête.

— Je semble bien avoir un uniforme, n'est-ce pas ?

Elle frôla ses lèvres d'un baiser, savourant l'agréable sensation. Elle vérifia s'il avait de la peinture sur les doigts avant de les entrelacer aux siens et de le tirer dans l'espace dégagé de la galerie.

La moitié des lumières étaient éteintes, mais la configuration était désormais claire. De courtes parois dépassaient régulièrement des murs latéraux, alternant avec une partie centrale de panneaux autonomes. Les ouvertures créaient un labyrinthe avec beaucoup d'espace d'accrochage qui incitait le visiteur à continuer à avancer, à poursuivre la découverte vers de nouveaux trésors au prochain virage.

— C'est intrigant. Quelque peu mystique. Comme errer

dans un labyrinthe végétal enchanté, dit Rose doucement en déambulant.

La galerie était encore rudimentaire, sans rien d'affiché sur les murs fraîchement peints. Vert pâle et blanc crème, l'apparence était paisible et originale.

La salle de stockage à l'arrière, derrière la pancarte *Privé – Réservé au personnel*, était une autre affaire. Des douzaines et des douzaines de cartons et de grands objets emballés étaient soigneusement agencées en plusieurs rangées. Les étagères longeant les trois murs étaient plus qu'à moitié remplies. Il y avait de tout, des vases, aux sculptures en passant par des objets informes sous leur emballage.

La curiosité envahit Rose, et ses doigts la démangeaient de tout mettre au jour.

— Quand a lieu l'ouverture officielle, déjà ?

— Le 27 août.

— Tu auras fini à temps ? Ça me paraît si rapide !

Il haussa simplement les épaules.

— J'ai une grande variété d'œuvres d'art sous la main et trois galeries dans l'ouest du Canada que je peux contacter pour en obtenir d'autres. J'aurai le temps, mais je pourrais temporairement te voler Fern. J'aurais besoin d'aide, non seulement pour l'installation, mais dans le studio à l'étage. Je pense qu'elle serait parfaite.

Rose hésita.

— Oh.

— Ça fonctionne avec des ordinateurs et de l'art, dit Chance doucement. J'ai pensé que ça pourrait lui plaire, et ça me serait d'une grande aide.

— C'est probablement pile dans ses cordes, admit Rose. C'est gentil de ta part de penser à elle.

— Elle m'a impressionné, dit-il simplement.

Chance unit leurs doigts.

— Mais je prévois de l'engager, je dois me dépêcher de fixer le thème pour l'exposition. Je veux une idée qui corresponde à Heart Falls.

— Un thème ?

Il agita une main vers l'espace ouvert autour d'eux.

— Pour l'exposition. Je ne présente pas un seul artiste, cette fois, mais un mélange éclectique, qui inclut toutes sortes de supports. Si bien qu'il est d'autant plus important de choisir un thème qui unifiera la collection. J'ai une idée avec laquelle je travaille, mais elle n'est... pas tout à fait au point.

Rose hocha lentement la tête.

— Je fais ça dans le magasin. Regrouper des objets de collection d'une manière qui ait du sens.

— Tu le fais tout le temps dans ton art floral aussi, dit Chance doucement. Chacun de tes bouquets suggère une émotion différente ou un souhait sincère. Ils sont remarquables.

La fierté monta d'un cran, ainsi qu'une douce joie due au fait qu'il avait remarqué son travail avec autant de détails.

— Merci pour le compliment.

Il hocha la tête.

— C'est vrai.

Ils terminèrent la visite puis firent des projets pour le dîner et ce qui se présenterait ensuite. Ce qui pouvait vouloir dire terminer la soirée au chalet qu'il occupait au ranch de Red Boot.

Une fois qu'elle eut reçu un baiser d'au revoir soigné, Rose retourna au travail.

Si elle passa du temps à rêvasser au genre de fleurs exact qu'elle pourrait arranger en un bouquet signifiant : *je pense que je veux que ça dure pour toujours...*

... Eh bien, elle n'avait pas à l'admettre devant qui que ce soit. Peut-être même pas devant elle-même.

11

La soirée entre mecs était enfin arrivée. Chance regarda le groupe d'hommes bruyant et turbulent rassemblé dans le studio au-dessus de la galerie avec satisfaction.

Ils étaient huit, ce premier vendredi d'août. Son frère, Cody et les deux hommes du ranch de Red Boot : Zach et Finn. Deux du ranch de Silver Stone : Luke Stone et son meilleur ami, Tucker Stewart. Enfin, deux hommes qui travaillaient comme pompiers volontaires dans la communauté : Alex et Ryan.

Ils avaient mangé de la pizza, buvaient encore de la bière et avaient eu plein de temps pour parler. Maintenant Chance était prêt à les mettre à l'ouvrage en échange du dîner.

Il découvrait encore les liens entre eux, mais en se basant sur les railleries et les taquineries, les hommes étaient prêts à essayer pour un soir n'importe quoi avec entrain.

Même quelque chose d'aussi saugrenu pour eux que de prendre un pinceau.

Alex en tenait un en l'air.

— Tu es sûr que tu n'as pas un tambour pour que je frappe dessus plutôt qu'une toile ?

— Tu es doué avec une brosse, lui dit Ryan. Oh, attends, c'était une brosse à *récurer*. Au temps pour moi.

— Je sais peindre, annonça Zach. Ou en tout cas, c'est ce que Julia me dit.

— Les murs ne comptent pas, dit Finn d'un ton pince-sans-rire.

— C'étaient des murs très artistiques, insista Zach.

Finn baissa sa bière et regarda fixement son ami.

— Ils étaient *marron*. Pas beige, café, cannelle ou terre d'ombre. *Marron*.

Des petits rires amusés résonnèrent dans le groupe, puis Luke se tourna vers Chance.

— Nous avons promis d'essayer, alors qu'est-ce que nous peignons ? Parce que, franchement, j'ai dessiné une écurie une fois, et elle ressemblait à une baleine.

— Je peux dessiner une baleine et la faire ressembler à une écurie, avança Tucker avant de se pencher vers Finn. Je suis assez impressionné que tu connaisses autant d'autres synonymes de marron.

Finn haussa un sourcil et leva son majeur.

Ils échangèrent de grands sourires.

— Je pense que nous devons commencer par peindre avec des numéros. Alors au moins je pourrais faire ressembler ça à quelque chose, dit Cody en secouant la tête. Tu as tout le talent, frangin. Occasionnellement, je dessine assez bien pour que les gens puissent dire ce que c'est, mais ce n'est jamais réaliste. Mes trucs ressemblent habituellement à des dessins de comics plutôt qu'à une photo de la scène.

— Tu ne t'attends pas vraiment à ce qu'on fasse quelque chose qui soit digne d'être accroché à un mur, n'est-ce pas ?

demanda Tucker en se carrant sur sa chaise avant de reprendre sa bière.

— Probablement pas, mais qui sait ? Adoptez l'imperfection et lancez-vous.

Chance expliqua la technique qu'ils essayaient puis regarda le groupe autour de lui.

— Vous ne pouvez pas le faire mal. Lancez-vous, et on verra s'il y a quelque chose d'intéressant quand nous aurons terminé.

Ils hésitaient encore, les pinceaux timidement en l'air.

Il réessaya.

— Voici du courage en bouteille. Buvez une autre bière et faites semblant d'être sur le dos d'un cochon.

Cody s'étouffa.

— Où ? *Quoi* ?

Chance se mit à rire.

— Ça veut dire *d'humeur à faire la fête*. Écoutez. Il est temps de vous décider. De passer à l'action.

Il prit son propre pinceau et l'enduisit de peinture. Une douzaine de traits gras plus tard, il avait assez de peinture sur la toile pour voir l'énergie prendre vie.

Une fois que le mouvement commença autour de lui, il ignora les autres et continua, entraîné par le mouvement et l'écoulement de la couleur, par l'excitation de se laisser aller et de suivre les idées chuchotées à son oreille par sa muse.

Quand il posa finalement son pinceau, les conversations avaient repris dans la pièce. Un occasionnel éclat de rire. Un murmure approbateur ou quelqu'un qui résolvait un problème.

Zach secoua la tête en passant son pinceau sur la toile, mais Cody lui donna une tape sur l'épaule et hocha la tête avec admiration.

— C'est bien. Je vois ton chalet au ranch. Et ce sont les montagnes derrière le manège.

Finn se pencha et examina la peinture.

— Eh bien, bon sang. Pas trop minable, Zach.

— Au moins une réussite ce soir, dit Tucker. Pour moi, pas vraiment.

Luke étudia l'œuvre de son ami pendant un moment puis sourit.

— Tu as peint un château et un dragon. J'aime bien.

Tucker se frotta la bouche avant de ricaner.

— Essaie plutôt des ballots de paille et un chaton. J'aime mieux ton interprétation. Allons-y avec ça.

Les éclats de rire résonnèrent jusqu'au toit.

— Comme c'est surprenant. Une rose.

Ils s'étaient enfin calmés, et Ryan fit un geste vers la peinture de Chance.

— Je pense que ton subconscient te dit quelque chose, continua-t-il.

D'autres rires amusés résonnèrent alors que Chance tournait la tête pour examiner sa peinture de plus près. Les couleurs à l'arrière, vert pastel, doré et rose pâle, se mélangeaient en un champ estival flou, mais l'image principale, bien au centre, quoique quelque peu abstraite, était clairement une unique rose d'un rouge profond.

— Eh bien ça alors. Tu as raison.

— Redis-le. Ça me plaît bien, dit Tucker avec un sourire narquois.

— Peindre des roses. Ça doit vouloir dire quelque chose, n'est-ce pas, Chance ? le taquina Zach.

Il regarda fixement la peinture, l'évidence le frappant de plein fouet.

— Je suis amoureux d'elle.

Un silence absolu retomba. Ce qui aurait été effrayant, si ce n'est que, lorsque Chance regarda leurs visages, chacun des hommes souriait d'une oreille à l'autre.

Cody secoua la tête avec incrédulité.

— Tu le dis comme si c'était une surprise.

Les faits qui s'assemblaient encore dans le cerveau de Chance pour former le sens suffirent à lui faire garder le silence. Il avait su qu'elle était spéciale. Il avait su qu'il voulait plus.

De l'amour ? Bien sûr que c'était de l'amour.

Heureusement, aucun des hommes autour de lui ne semblait désapprouver la vitesse avec laquelle il avait développé des sentiments. Au contraire, les gars l'encouragèrent de toutes leurs forces.

— Maintenant reste la question : qu'est-ce que tu vas faire ? demanda Tucker en haussant un sourcil. Il est temps de te décider, de passer à l'action.

La répétition de ses propres paroles plus tôt fit sourire Chance.

— Je vais m'y mettre. Vous avez des suggestions ?

— Offre-lui un gros bouquet de fleurs, mets un genou à terre et crache le morceau, dit Cody en haussant les épaules. Ça marche dans les films.

— Est-ce que tu suggères que je lui achète des fleurs et qu'elle se demande ce que je fais, ou que je l'énerve en les achetant ailleurs ? demanda Chance d'un ton pince-sans-rire.

Il réfléchit de nouveau.

— Tu penses vraiment que je devrais apporter des fleurs à une femme qui possède un magasin de fleurs ?

Finn haussa les épaules.

— J'apporte tout le temps des trucs en rapport avec les chevaux à une femme qui adore les chevaux. Ça paraît logique.

— Kelli veut que je fasse des choses avec elle, proposa Luke.

Son commentaire fut accueilli par un chœur de moqueries masculines.

Il leva les yeux au ciel.

— Ouais, pas ça. Sales cons. Enfin, oui, *ça*, mais aussi en dehors du sexe. Les langages de l'amour, ce genre de choses. Certaines personnes aiment les cadeaux, d'autres les services rendus. Vous savez. Et puis Kelli aime quand je la laisse faire ce qu'elle veut.

Le sourire de Tucker redoubla.

— Tu t'en sortais bien, là, pendant une minute, puis tu es revenu droit sur le terrain marrant.

Luke lança sa canette de bière vide à la tête de Tucker.

— Ducon.

— Mais il a raison, intervint Cody d'un air pensif. Si tu es sérieux, trouver ce qui motive Rose est important.

— Une année, elle m'a acheté, avança Zach inutilement. Aux enchères des célibataires, je veux dire.

Cette seule mention suffit à échauffer le sang de Chance.

— Où veux-tu en venir ? Et je serais prudent à ta place.

Le visage joyeux de Zach ne faiblit pas.

— Elle m'a acheté pour que je danse avec elle à un mariage. Un soupir dramatique lui échappa.

— Puis elle a manœuvré poliment pour qu'il y ait zéro chance d'avoir un baiser de bonne nuit, et elle a surtout dragué ma voiture.

Chance était perdu.

— Ta *voiture* ? De quoi est-ce que tu parles, mon gars ?

— Delilah, dit Zach, radieux. Je te la présenterai plus tard si tu veux.

— Mais ne t'attends pas à la conduire, dit Finn d'un ton uniforme. Ça te dérange si j'interprète la tentative pas très solide de mon meilleur ami pour te rassurer ?

— Quelqu'un va devoir le faire, râla Cody.

Malgré sa frustration, malgré tout ce qui changeait dans sa vie et l'incertitude concernant la seule chose qu'il espérait vraiment, Chance devait admettre que c'était distrayant et satisfaisant. Ces hommes, cette soirée, être si facilement accepté dans leur groupe.

Les paroles de Zach prirent soudain leur sens lorsque le cerveau de Chance résolut le puzzle.

— Laisse-moi tenter le coup. Tu dis que Rose est une femme qui sait ce qu'elle veut. Rien ne l'amènera à répondre oui machinalement ou par convenance si elle n'en a pas envie.

— Exactement, répondit Zach en se penchant en avant. Alors pourquoi tu ne serais pas juste toi-même pour lui dire ce que tu espères ?

Être lui-même. C'était une solution étonnamment simple.

Ça prendrait des heures et des heures pour vraiment la concrétiser, mais avec un peu de chance, en définitive, ça réussirait à convaincre Rose de ce qu'elle représentait pour lui.

Chance apprécia le reste de la soirée, bien qu'un peu distraitement. Mais à l'instant où le dernier de ses nouveaux amis quitta le studio, il sortit une toile et se mit au travail.

12

---

*D*eux semaines avant l'ouverture de la galerie de Chance, Rose se réveilla du pied gauche, énervée d'être énervée.

Toute la journée qui suivit, elle s'efforça d'être agréable avec ses clients, de garder un sourire aux lèvres alors que ce qu'elle voulait vraiment, c'était aller se cacher dans la douche et pleurer un bon moment.

Rien n'allait vraiment mal. Seulement, les livraisons régulières effectuées à la porte arrière de la boutique de Chance avaient plus que doublé au cours de la semaine passée. Après avoir passé du temps ensemble presque tous les jours pendant les six semaines de l'été, il était évident qu'il était bien plus distrait que d'habitude et bien plus fatigué. Comme s'il ne dormait pas assez.

Ce qui était logique. Son esprit devait crouler sous les détails de l'exposition. Cinq jours plus tôt, Rose avait décidé de le laisser tranquille pour gérer les préparatifs de l'ouverture de sa galerie.

C'était bête qu'il lui manque autant après quelques jours à

peine. Pas seulement le sexe, même si, jusqu'à ce qu'il disparaisse en mode heures supplémentaires, ils avaient usé les draps. Et l'arrière-boutique de son magasin de fleurs. *Et* le siège arrière de la nouvelle Bronco qu'il avait achetée.

À chaque fois qu'ils étaient ensemble, ils semblaient ne pas pouvoir s'empêcher de se toucher. C'était une autre raison de le laisser tranquille. Moins de temps à coucher ensemble voulait dire plus de temps pour lui pour gérer ses œuvres. En tout cas, bon sang...

Elle avait arrêté de courir à la galerie pendant ses pauses déjeuner. Elle avait répondu à ses textos mais en se contentant de messages brefs et concis. Il avait arrêté de passer avec les cadeaux doux qui lui serraient le cœur.

Il est momentanément occupé. Ce n'est pas la fin, insista son cerveau. *Une fois que l'exposition sera terminée, nous recommencerons à sortir ensemble, et tout sera de nouveau parfait.*

C'était étrangement nouveau. Son cerveau qui était positivement biaisé malgré ce qui ressemblait au blues de fin de relation qui s'installait.

Ce soir-là, Rose ronchonnait à voix basse dans son thé quand Tansy attrapa son téléphone sur la table et le lui fourra dans la main.

— Appelle-le. Envoie-lui un texto. Va dans son chalet et saute-lui dessus. Envahis son studio. Tu es trop heureuse pour être aussi ronchon.

— Je ne suis pas ronchon... commença Rose d'un ton indigné avant de soupirer. Merde. Tu as raison. Je suis vraiment ronchon. Mais ce n'est pas la faute de Chance. Il est occupé, c'est tout.

Tansy la regarda par-dessus le bord de sa tasse. Elle eut un rire moqueur.

— Trop occupé pour te voir ? Ce sont *des conneries.*

Elle énonça le dernier mot comme un éternuement.

Rose roula des yeux.

— Chance et moi avons passé tellement de temps ensemble cet été, et j'ai adoré ça, mais je ne veux pas qu'il pense que...

— Que tu aimes passer chaque moment de libre avec lui parce que tu es complètement éprise de lui ? Ouais, je vois pourquoi ça pourrait être problématique.

— Tais-toi, ronchonna Rose.

— Je sais que tu détestes quand je suis logique, dit Tansy en plissant le nez avant de parler plus doucement. Va le voir. Il te rend heureuse, et Dieu seul sait pourquoi, mais tu sembles le rendre heureux aussi. Rester en dehors de ses pattes sous un vague prétexte, c'est... je déteste abuser d'un bon mot, mais je vais rester sur *des conneries*.

— Je ne devrais pas *avoir besoin* de le voir aussi souvent, râla Rose. Nous venons de nous rencontrer, en fait. Nous avons beaucoup de sujets à aborder et de choses à apprendre l'un sur l'autre.

La compréhension illumina les yeux de Tansy.

— Oh, *voilà* le problème. Tu penses qu'il existe une durée minimale qui doit s'écouler avant que ce qui se passe entre vous puisse être réel.

— Il est arrivé le 1ᵉʳ juillet. Nous sommes moins de deux mois après, dit Rose avant de laisser échapper un long et lent soupir. Je suis amoureuse de lui, Tansy.

— Je sais, mon chou.

Sa sœur changea de position pour passer son bras sur les épaules de Rose.

— Mais voici ce qui est bien, continua-t-elle, je suis presque sûre que lui aussi est amoureux de toi.

— Je croyais qu'on vivait une aventure passionnée. C'est trop tôt pour que ce soit davantage, répéta Rose, mais sans conviction, surtout lorsque Tansy rit d'un ton moqueur. OK, arrête. Ce n'est pas trop tôt. Nous devrions vraiment avouer nos sentiments, emménager ensemble et fonder une famille. Tout de suite. Aujourd'hui, même.

Son estomac plongea pendant un instant lorsqu'elle le dit, mais la sensation de calme qui arriva un instant plus tard, même après avoir dit des paroles aussi extravagantes...

Incroyable.

Un drôle de bruit échappa à Tansy, et Rose se tourna vers elle avec inquiétude.

— Ça va ?

— Oui, dit sa sœur d'une petite voix. Seulement, je ne suis pas très maligne, je viens de me rendre compte que les gens amoureux font des trucs fous. Comme s'installer ensemble. Tu emménageras avec lui. Je n'aurai plus à t'écouter ronfler, ni à t'entendre râler quand je mets les pieds sur la table basse, et tu monopoliseras plus la télécommande.

Tansy était au bord des larmes. Rose n'en était pas loin, sauf que c'était, encore une fois, bien trop rapide.

— Je plaisantais. S'il te plaît, ne saute pas les étapes.

— Je te laisse juste sauter sur le gars ? demanda Tansy avant de prendre une brusque inspiration. Bien, je peux y arriver.

Rose se mit à rire et étreignit sa sœur.

— Tu as raison. Chance est un adulte. S'il n'a pas le temps de me voir ce soir, il me le dira, dit-elle avant de faire la grimace. Il me faut une bonne raison pour une courte visite, juste au cas où.

Sa sœur l'aida à se relever.

— Débarbouille-toi et mets des vêtements qui ne font pas la gueule. Je vais te prendre un sac de cookies du magasin que tu pourras lui déposer. Tu sais. Pour des relations de bon voisinage.

— *Des vêtements qui ne font pas la gueule ?* Tu n'es pas possible, dit Rose avec une profonde affection.

Mais savoir qu'elle était aimée aussi inconditionnellement était la raison pour laquelle, quinze minutes plus tard, quand Rose frappa à la porte arrière de la galerie, l'espoir l'emportait sur la gêne dans son cœur.

Tansy l'aimait. Sa famille l'aimait. Peut-être...

— Rose.

Les yeux de Chance s'illuminèrent quand il la vit, mais même l'expression ravie ne pouvait pas effacer les lignes de fatigue à chaque coin.

Elle tendit le sac.

— Je ne vais pas te déranger, mais je t'ai apporté des cookies.

Il regarda le sac puis attrapa directement Rose par le poignet et la tira dans la galerie avant de fermer la porte derrière elle. L'instant d'après, il la pressait contre la surface solide, ses hanches éloignées des siennes.

— Je n'accepte des douceurs que des femmes qui restent un moment.

— Ou de celles qui t'emmènent dans de vieilles salles de rangement poussiéreuses, le taquina Rose avant de passer doucement un doigt sur sa joue. Tu as du temps pour une pause ?

— Avec toi ? Toujours.

Il l'embrassa avant de la lâcher, prolongeant le doux moment en serrant les doigts autour des siens pour la guider plus loin dans la galerie.

L'endroit avait été transformé.

— Oh, l'essentiel est prêt.

— Tu veux une visite privée ? demanda Chance.

Rose lui lança un rapide coup d'œil. Les mots étaient simples, mais un léger tremblement avait altéré sa voix.

— J'aimerais beaucoup.

Je pense que je t'aime.

Elle secoua la tête lorsqu'il posa sa main au creux de son bras et commença à avancer lentement à travers la salle. Il était facile de penser les mots dans sa tête. C'était si, si difficile de leur faire franchir ses lèvres.

La galerie avait l'air complètement différente de la dernière fois qu'elle était venue. La disposition était la même, mais le contenu et la manière dont l'ensemble était exposé donnait vie même aux murs lisses et verticaux.

— Va par là, suggéra Chance.

Il se tourna légèrement et la laissa faire un demi-pas en avant, pour déboucher sur une vue privilégiée des œuvres qui étaient exposées de chaque côté et devant eux.

— Tu vas devoir imaginer les bouquets que tu vas créer ajoutés à la collection, mais ce sera l'arrière-plan.

Un assemblage éclectique de peintures, d'illustrations et d'imprimés numériques l'éblouit. Les couleurs explosaient tout autour d'eux.

Devant elle, une grande toile représentait un château de conte de fées sur un flanc de montagne avec un ciel bleu si vif qu'il étincelait et un paysage d'arbres, de chutes d'eau et de routes champêtres. Une tache sombre entourait la base du château, et Rose se rapprocha pour découvrir que l'artiste avait créé des ronces et des buissons aux larges épines aiguisées en trois dimensions pour protéger le château.

Un trio d'images de jeunes femmes arrivait ensuite. L'une était vaguement familière. Rose chercha dans ses souvenirs jusqu'à ce que le nom *Sailor Moon* apparaisse dans son esprit. Le personnage se tenait dans un jardin, à la main une baguette surmontée d'une rose rouge vif.

L'image suivante était un gros plan sur le visage d'une autre jeune femme, à peine sortie de l'adolescence, aux cheveux rose vif et aux pommettes saillantes. Le dessin était si réaliste que Rose marqua une pause pour le regarder avec émerveillement.

La troisième femme était elle aussi dessinée dans le style anime, avec des vêtements foncés soulignés de rouge. Elle était en train de faire pivoter au-dessus de sa tête une faux rouge et noir brillante, qui envoyait flotter des pétales rouges dans son sillage.

— Ils sont tous si magnifiques.

Rose chuchota les mots alors qu'elle entraînait Chance pour prendre un autre virage, puis un autre. D'autres trésors à trouver, d'autres explosions de couleurs, d'énergie et de vastes étendues de mondes mystiques si réalistes que cela la démangeait d'entrer à l'intérieur.

La curiosité qu'elle avait ressentie depuis qu'il avait mentionné l'exposition trouvait maintenant sa réponse. Ses joues s'échauffèrent. Son sang s'emballa, son esprit aussi.

— Je crois que j'ai trouvé ton thème.

Partout où elle regardait, elle voyait des roses. Et des Rose.

Chance appuya la main sur la sienne, toujours posée sur son bras.

— Est-ce que ça te dérange ?

Les images étaient partout, sous toutes les formes et supports, de toutes les époques et lieux. Des fleurs s'épanouissaient sur les murs de remparts et des déesses grecques en tenaient dans leurs mains. Elles apparaissaient dans des images de contes de fées, dessinées à l'encre, à la peinture ou aux pastels. D'anciennes histoires en avoisinant de nouvelles. Rouge-Rose et sa sœur, Blanche-Neige – la version allemande d'origine – se tenaient près d'un énorme ours. Ruby Rose de *RWBY*, un jeu sur ordinateur auquel Fern, plus jeune, avait tellement été excitée de jouer qu'elle emmenait sans cesse sa grande sœur dans sa chambre pour lui montrer tous les combats excitants.

La rose de la Bête, protégée sous un dôme en verre, avec un seul pétale encore accroché à la tige, alors qu'à l'arrière, Belle s'agenouillait sur le corps étendu sur le sol de la créature hideuse.

— Je suis stupéfaite, admit Rose doucement. Je ne savais pas qu'il y avait tant de photos et de personnes avec le même prénom que moi qu'on pouvait remplir une galerie avec.

— Tu es une muse merveilleuse.

Ses mots avaient une intonation étrange, et elle était sur le point de lui demander ce qui n'allait pas quand une autre question lui échappa d'abord.

— Qu'est-ce qui va là ?

Chance se figea. Il déglutit péniblement puis se retourna, le visage plus sombre qu'elle ne l'avait jamais vu.

— Qu'est-ce qui va où ?

Vraiment ? Elle leva un doigt et indiqua l'espace vide. L'espace qui, quelle que soit la direction qu'elle prenait dans la galerie, attirait son attention et son œil. L'espace vide qui aurait clairement dû afficher l'élément vedette.

— *Chance*, il est assez évident qu'il manque quelque chose.

Le coin des lèvres de celui-ci tiqua, et ses yeux s'illuminèrent d'une soudaine émotion.

— Tu veux voir ce qui manque ?

— Je n'aurais pas demandé si ce n'était pas le cas, fit-elle doucement remarquer.

Peut-être qu'il attendait que l'œuvre arrive. Ça devait être stressant.

— Si ce n'est pas le bon moment, ne t'inquiète pas.

— Oh, je m'inquiète. En fait, c'est la seule chose dont je m'inquiète, ronchonna-t-il.

Il l'attrapa par la main et la traîna pratiquement à travers la salle vers les escaliers.

— Qu'est-ce que tu fais ? Ralentis. Je peux marcher.

— Pas assez vite, répliqua-t-il. Je veux te montrer ce qui manque dans ma vie.

Quoi ? Dans sa... *vie* ?

— Je croyais...

Elle referma brusquement la bouche et retint ses questions. Tous ses efforts furent consacrés à garder l'équilibre alors qu'ils se pressaient dans les escaliers vers le niveau supérieur.

Du matériel de peinture était empilé sur le long comptoir contre le mur du fond. L'évier était plein de vieux pots de yaourt et de crème aigre recyclés pour contenir de la peinture. Il y avait partout des éclaboussures de couleurs, sur les murs, sur le sol, sur la chaise à côté de l'énorme chevalet qui emplissait l'espace du studio principal.

— Là.

Il la fit pivoter vers la peinture, puis pointa le doigt dans sa direction, étreignant Rose contre lui.

— Voici ce qui est censé être au centre de l'exposition. Ce qui est censé être au centre de ma vie.

Rose leva le regard vers la peinture. Dans sa poitrine, quelque chose grandit et grandit jusqu'à ce qu'elle soit prête à exploser.

Là, sur la toile... c'était elle.

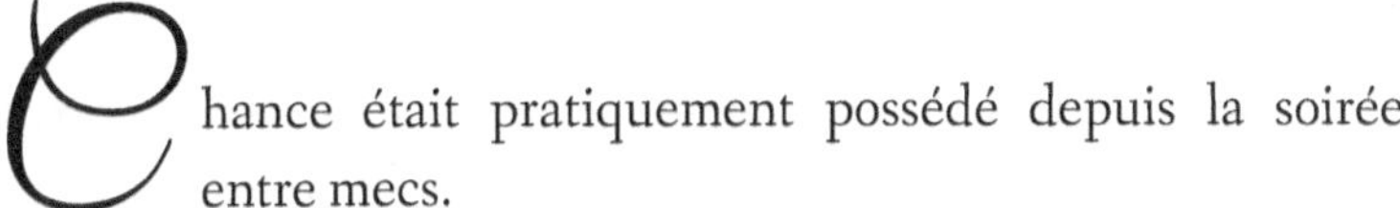

Chance était pratiquement possédé depuis la soirée entre mecs.

Il était irrité par l'énergie et le temps que lui prenaient les autres œuvres de l'exposition à arranger, et les détails délicats à gérer. Mais il avait effectué ce travail-là d'abord, et l'avait bien fait, comme d'habitude. Les quelques instants qu'il avait volés avec Rose quand les tâches de la galerie étaient terminées l'avaient rechargé suffisamment pour retourner directement travailler sur la peinture quand il la quittait.

Le sommeil, la nourriture et tout le reste furent mis de côté pendant qu'il cherchait à rendre son message clair à l'aide de son talent.

Quelquefois, en détournant son attention de la toile, il découvrait Cody dans le studio, qui secouait la tête et lui offrait des assiettes de nourriture.

— Il est 2 h du matin. Tu vas te tuer en essayant de terminer avant l'exposition, l'avait averti son frère. Tu n'as pas besoin de tenir cette échéance, tu sais. Parle simplement à cette femme.

— C'est ce que je fais, avait simplement répondu Chance. Avec le langage que je parle le plus clairement.

Cody avait eu l'air de vouloir ajouter quelque chose, mais il avait secoué la tête et soupiré. Il avait tapoté Chance dans le dos, lui avait fourré un sac de sandwichs dans les mains, puis était parti.

Et maintenant, après toutes ces nuits sans sommeil, Chance avait enfin terminé. Son cœur battait aussi fort que s'il avait monté en courant douze volées de marches au lieu d'une seule.

Parce qu'elle était là. Rose, frissonnant dans ses bras, la main sur la bouche alors qu'elle regardait ce qu'il avait peint.

Il recula, réticent à rompre leur contact mais désespéré de voir son visage, ses yeux. Il avait besoin de *la* voir et de savoir si le message de son cœur avait transparu sur la toile.

Alors qu'elle examinait chaque coup de pinceau du regard, il l'accompagna. Il savait ce qu'il avait placé là, un contraste de bonheur, de paix, de foyer et d'aventure.

Il avait peint Rose dans un moment de pure détente, la tête penchée, le visage levé vers le soleil. Ses longs cheveux noirs tombaient à ses pieds et des mèches volaient dans le vent comme si les fées étaient sorties pour jouer avec. L'été à peine arrivé créait une mosaïque de toutes les teintes de vert comme palette de fond. Dans les arbres, l'herbe, les buissons bas et la mousse épaisse. Une brume dérivait comme un nuage magique depuis le flanc de la montagne tandis que le ciel bleu se reflétait dans l'eau scintillante du lac au pied des chutes.

Lac qui avait la forme parfaite d'un cœur.

Ce cœur bleu, où dansaient plein d'étincelles vives du soleil, encadrait Rose. Elle était au centre de tout. Le lac, la peinture. L'exposition de la galerie, si elle le permettait. Mais plus que tout...

Son cœur.

Chance posa une main autour des doigts de Rose et la fit pivoter vers lui pour pouvoir la regarder dans les yeux.

— J'ai pris une photo lors de ce premier rencard. Je l'ai utilisée comme modèle, mais je n'avais pas besoin de la regarder très souvent. Mon souvenir de ce moment est limpide.

— Je m'en souviens aussi.

Elle avait chuchoté ces mots, la gorge serrée d'émotion. Son regard passa de la peinture à lui.

— Chance. Elle est merveilleuse.

— Tu veux dire qu'elle est *remarquable*, corrigea-t-il en la rapprochant de lui. C'est ce qui manque à l'exposition. Mais seulement si ça te convient.

Elle cligna fort des yeux puis fronça les sourcils pendant un moment.

— Hum. Bien sûr. Tu l'as peinte. Tu peux faire ce que tu veux avec ton travail.

— Non, je ne peux pas, insista-t-il doucement. Je ne peux pas l'accrocher et l'offrir à la vue des autres sans savoir que tu vas dans la même direction que moi.

Elle avait toujours l'air confuse.

— Où allons-nous ?

La suggestion des gars d'être lui-même résonna dans sa mémoire, et un rire lui échappa. Il la souleva et la fit tournoyer, adorant le petit hoquet et le rire amusé qui suivit.

Quand il la reposa, il se pencha au-dessus d'elle, la renversant.

— Nous avançons ensemble, toi et moi. Tu as attiré mon œil, et je pense que tu as attrapé mon âme. Je sais que c'est rapide, mais dès le premier instant, ça a collé entre nous. Et ça...

Il la redressa en la faisant tournoyer et indiqua la peinture, l'amour qu'il avait essayé de mettre dans chaque coup de pinceau.

— C'est toi dans mon cœur. Pas seulement sur une peinture, mais en vrai.

Les yeux de Rose brillaient. Des larmes s'accrochaient à ses cils.

— *Chance.*

Il s'avança, soudant les mains à ses hanches.

— Certains pourraient penser que je devrais tenir ma langue. Sortir plus longtemps avec toi et rendre très clair que nous sommes faits l'un pour l'autre. Je ferai tout ce que je peux dans ce sens, mais je ne peux pas nier l'évidence. Je refuse de nier mes sentiments. Je t'aime, Rose. Vraiment.

Le sourire de Rose s'épanouit. Large et brillant.

— Certains diraient que c'est bien trop rapide, mais je le ressens aussi. Depuis le premier instant où j'ai posé les yeux sur toi.

Le cœur battant à tout rompre, il laissa éclater sa joie.

— Je pense que *ça* c'était du désir.

— Nous en avons beaucoup aussi, n'est-ce pas ? demanda Rose en lui tapotant le nez du doigt. Mais je suis sérieuse. Tout dans les moments que nous passons ensemble semble normal. Cette première nuit dans le bar... je n'avais jamais fait une chose pareille, mais avec toi, ça semblait naturel. Facile. *Tu* sembles à ta place, comme si nous étions destinés.

— Oui, je suis content de ne pas être le seul.

Il l'attira plus près, ses lèvres effleurant les siennes.

— Tu veux m'embrasser ? demanda-t-il.

ELLE RÉPONDIT INSTANTANÉMENT. Comment aurait-elle pu ne pas le faire ?

Se laisser aller au baiser voulait dire se presser contre lui, s'abandonner à son goût, à la sensation, à la chaleur et au plaisir qu'il lui procurait si facilement. Elle glissa les mains sur son dos et y appuya le bout des doigts. Des muscles durs se bandèrent dessous, la respiration de Chance irrégulière alors qu'il marquait une pause, les lèvres encore une fois à peine en contact avec les siennes.

— Tu as quelque chose de prévu ce soir ? demanda-t-il.

Elle hocha la tête.

— Ici même, avec toi.

Une ardeur redoublée se lut sur les traits de Chance.

— Bien. Alors ne bouge pas.

Il traversa la pièce et ouvrit un tiroir.

Quand il en sortit une poignée de préservatifs, Rose se mit à rire.

— Je suis extrêmement reconnaissante en ce moment.

— Tu n'es pas la seule, dit-il en revenant à ses côtés avant de la soulever. Je dois te faire un aveu. J'ai pris l'habitude d'en cacher partout.

— Comme une chasse au trésor, le taquina-t-elle.

Il retira la couette du canapé et la lança sur le sol. Alors que Rose s'apprêtait à se mettre à genoux près de lui, il la fit rester debout. Alors qu'il ouvrait lentement le bouton du pantalon de Rose et baissait la braguette, elle repensa à ce premier soir, la première fois qu'il l'avait emmenée vers de tels sommets.

Ils avaient couché ensemble de nombreuses fois depuis, mais là ? C'était *plus* que du sexe. Son expression disait tout…

C'était de l'amour. De l'amour qu'elle ressentait lorsqu'il dégagea ses hanches de l'étoffe et déposa un baiser sur son nombril, puis un autre sur le bord de sa petite culotte.

L'amour la faisait frissonner alors qu'il passait les bras autour de sa taille et pressait son visage contre sa peau, respirant profondément en la serrant fort.

Des papillons dans le cœur, des papillons dans le ventre.

Chance pencha la tête en arrière, et elle se prépara face à l'appétit qu'elle lut dans ses yeux.

Étonnamment, il progressa lentement. Un autre baiser sur ses côtes, encore un sur le minuscule nœud au milieu de son soutien-gorge. Ses doigts se déplaçaient sur son dos, et les crochets de son soutien-gorge se libérèrent. Une bretelle glissa sur une épaule, les bonnets à peine retenus par ses seins.

L'instinct lui fit lever les mains, mais avant qu'elles ne se posent dessus, il lui attrapa les poignets, la piégeant et la mettant à nu alors que le tissu tombait. Il la lâcha juste le temps de se débarrasser du soutien-gorge, puis il reprit le contrôle.

Il l'attira vers lui et frotta son nez sous un de ses seins. Il en mordilla la courbe, envoyant des picotements de désir voler sur sa peau comme un réseau entremêlé.

— Magnifique Rose.

Un soupir de satisfaction échappa à Chance juste avant que ses lèvres nes'emparent de son mamelon.

Les picotements devinrent des déferlements alors que la moiteur l'envahissait. Le plaisir ondulait le long de ses nerfs, avec un lancinement presque douloureux dans son intimité. Rose se cambra contre sa bouche, ne luttant pas contre la prise sur ses bras mais l'utilisant pour se rapprocher.

Il la mordilla, ses dents égrenant rapidement une série de morsures tendres mais dévastatrices. Les jambes de Rose tremblèrent, instables alors que le sang se précipitait dans ses veines.

Il lui lâcha les poignets et l'attrapa par la taille, guidant le bout de ses seins vers sa bouche. Il accéléra, plus pressant désormais. Les ravages auxquels elle s'attendait étaient soudain de nouveau au programme.

— *Oh.*

Chance la souleva et la reposa d'un seul mouvement,

l'emportant pour la coucher tendrement sur la couette. Son sourire redoubla.

Avant de disparaître. Il lui écarta les jambes avec ses épaules et plaça sa bouche sur son sexe.

Brûlant de désir mais lent. Un tourment qui commença avec sa langue, puis qui s'accentua avec ses doigts taquinant son intimité. Rose lui attrapa la tête, saisissant à pleines mains ses cheveux alors qu'elle fermait les yeux et savourait.

Les caresses sensuelles touchaient chaque partie sensible de son sexe, entrant lentement puis ressortant. Des allées et venues mesurées et langoureuses qui suivaient la pression de sa langue sur son clitoris. Son orgasme se rapprochait à chaque instant qui passait. Elle prit ses seins dans ses paumes, taquinant de ses doigts ses mamelons.

Un son échappa à Chance, et elle baissa la tête pour voir le feu brûler dans ses yeux. Son regard était fixé sur ses mains. Elle se mit à rire, rire qui se transformant en gémissement lorsqu'il lui souleva les hanches en représailles et accéléra le mouvement de sa langue.

— Presque, le prévint-elle.

— Je veux être en toi, mon cœur. Je veux te sentir m'entourer.

Sa voix était rauque à ses oreilles.

Elle glissa les jambes autour de lui, surprise de trouver sa peau nue

— Quand as-tu perdu tes vêtements ? Tu es talentueux.

— Désespéré, plutôt.

Chance s'arrêta pour enfiler un préservatif puis se plaça au-dessus d'elle, la regardant dans les yeux, son membre épais et brûlant au seuil de son intimité. Il marqua une pause, le large gland niché tout juste entre ses replis.

— Oui, chuchota-t-elle.

Le regard de Chance se souda au sien, et il la pénétra. Il se glissa jusqu'à la base, les unissant aussi intimement que deux personnes pouvaient physiquement l'être. Elle se sentait possédée, capturée, connectée.

Aimée.

Il posa une main sur sa joue, se déplaça pour être placé au-dessus d'elle afin qu'ils soient alignés à chaque coup de reins. Peau contre peau, bouche contre bouche, le plaisir entraînant le plaisir.

Elle était comblée, s'étirait, cherchait l'orgasme alors même qu'elle voulait que cet instant dure éternellement. Il ajusta les hanches, et le mouvement appuya son membre contre son clitoris, et le bourdonnement de son orgasme montant s'intensifia.

Sans relâche, pendant que les battements de son cœur s'amplifiaient à ses oreilles et que l'apogée approchait à toute vitesse.

Il toucha son front du sien, les yeux grands ouverts alors qu'elle jouissait. Son sexe se resserra autour de lui. La concentration de Chance se relâcha puis disparut alors qu'il se raidissait au-dessus d'elle, ses hanches vibrant comme s'il ne pouvait pas s'arrêter, comme si cette dernière poussée frénétique pouvait les rapprocher encore davantage, leur apporter encore plus de plaisir.

Les répliques la faisaient trembler, et à chacune d'elles, elle riait. Le pouce de Chance lui frôla la joue, l'air courant sur sa peau en une caresse brûlante. Ils étaient enlacés sur le sol, leurs respirations encore effrénées, la couette à moitié en dessous d'eux.

C'était étrange, pensa Rose, de n'avoir aucune inquiétude. Absolument aucune inquiétude qu'ils aient fait un faux pas en se retrouvant là.

Il l'aimait.

Chance laissa traîner un doigt le long de son bras, les cheveux ébouriffés et un sourire de plaisir aux lèvres.

— Tu sais, je suis venu à Heart Falls en prévoyant de me poser, mais je ne savais pas que je prendrais racine aussi vite.

Encore un commentaire qui fit rater un battement au cœur de Rose. Elle l'écarta parce que, en cet instant, c'était tout ce dont elle avait besoin. Savourer l'instant sans se précipiter était important.

— Est-ce que l'Irlande va te manquer ? Et l'Allemagne, et Paris, et tous les autres endroits où tu as vécu ? demanda-t-elle.

Elle posa la main sur son torse nu, le bout de ses doigts le taquinant doucement. Elle avait besoin de garder le contact. Elle avait besoin de le toucher.

— Non, répondit-il simplement. Parce que, même si Heart Falls est maintenant chez moi, tous les autres endroits ne sont qu'à un voyage en avion d'ici.

Il lui attrapa les doigts et les pressa contre ses lèvres.

— Je veux te montrer l'île d'Émeraude, mon cœur. Te présenter mon monde d'histoires à dormir debout et de légendes. Nous pourrons passer voir ma famille pour leur dire bonjour.

— Tes parents sont à Limerick.

Elle se raidit une seconde, l'idée de ses *parents* poussant ce qu'il y avait entre eux un cran plus loin dans le domaine du *nom d'un chien, c'est réel*.

Puisqu'il avait composé avec sa famille à elle depuis le premier jour ou presque, elle devait se préparer.

Elle s'appuya sur un coude et lui sourit.

— Ça amène un tout nouveau rebondissement, cette *rencontre des parents*. Mais je ne vais pas mentir, j'adorerais voir l'Irlande. Et le reste de ta famille.

— Être ici avec Cody est important pour moi. Mais je suis

content que tu aies toute ta famille dans le coin. Je ne veux pas que ça change. Que tu sois si proche d'eux.

— Ça ne changera jamais, promit Rose avant d'agiter les sourcils. Nous vous entraînerons dans notre groupe, Cody et toi. Vous ne pourrez pas y échapper.

— Je suis prévenu et j'accepte.

Il l'embrassa de nouveau comme s'il la désirait ardemment, et le lien entre eux grandissait sans discontinuer.

— Alors que se passe-t-il, maintenant ? demanda-t-il.

Rose réfléchit.

Chance la souleva et l'allongea sur lui comme une couverture.

— Je pourrais aussi bien profiter de l'attente pendant que tu prépares notre meilleur plan d'action.

Son rire la fit trembler et elle s'installa plus confortablement sur lui. Toutes ses parties douces s'alignèrent agréablement avec les parties chaudes de Chance, fermes et qui durcissaient.

— Tu as encore beaucoup à faire avant l'exposition, n'est-ce pas ? demanda-t-elle.

Il fit la grimace.

— Oui.

— Y compris dormir, le réprimanda-t-elle, alors qu'elle lui caressait le visage de ses doigts doux.

Si difficile que ce soit, c'était ce qu'il fallait suggérer.

— Faisons en sorte que Gabrielle's prenne un bon départ avant de faire des changements audacieux dans nos vies.

— Aller lentement ?

Sa confusion feinte se transforma en un clin d'œil.

— Pouvons-nous y arriver ? demanda-t-il.

Elle rit puis posa le menton sur ses paumes, posées au milieu de son torse.

— Je vais avoir beaucoup de travail aussi pendant les deux

prochaines semaines. Il y a ces énormes bouquets décoratifs que je dois créer pour un client très exigeant.

— Le client pourrait passer de temp en temps pour superviser, suggéra Chance. Comme ça, il pourra s'assurer que tu les prépares correctement.

— Oh, et *les préparer correctement* voudrait dire quoi ?

— Nue. Toi, pas les bouquets, clarifia-t-il aussi sérieusement que possible.

La joie gonfla le cœur de Rose.

— J'ai entendu dire que les meilleurs arrangements floraux sont créés à poil, continua-t-il.

Les rires s'élevèrent autour d'eux.

— Tu es une source de problèmes.

— Tu es à moi.

Il l'avait dit doucement. Sincèrement. De tout son cœur.

Tout ce qu'elle voulait était ici même. Maintenant, il s'agissait de surmonter les deux prochaines semaines pour qu'ils puissent découvrir ce qui viendrait ensuite.

14

---

27 août, inauguration de Gabrielle's

Y avait-il une sensation meilleure que celle du succès ?

Chance regarda la foule qui se promenait au rez-de-chaussée de la galerie, il jubilait presque. De la musique jouait à l'arrière-plan, un mélange éclectique de thèmes musicaux de films épiques et de jeux vidéo, avec de la musique country et de westerns divers pour faire bonne mesure.

Trois douzaines de bouquets trônaient à travers la galerie. Certaines roses étaient d'un rouge profond, certaines d'un jaune éclatant. D'autres étaient roses ou presque bleues, la variété de couleurs faisant écho à celle de la taille des bouquets : de seulement quelques-unes dans un vase sur lequel avait été peinte une déesse qui dansait jusqu'à la pièce maîtresse de l'entrée, où se trouvaient cinq douzaines de beautés blanches à longues tiges, l'art de Rose s'intégrait parfaitement avec le reste de l'exposition.

Un large échantillon des résidents de Heart Falls, jeunes et vieux, admirait les œuvres qu'il avait assemblées. On entendait un brouhaha de conversations, de rires, et même quelques disputes, et Chance en était ravi.

Il avait invité les habitants de la résidence pour séniors de Heart Falls à une présentation préalable la veille. L'avant-veille, les tout nouveaux élèves allant de la maternelle aux classes de CE1 s'étaient déversés par les portes les uns après les autres, accompagnées par des instituteurs et des parents qui servaient de chaperons. Chance avait joué les guides ce jour-là aussi, livrant ses anecdotes sur une poignée d'œuvres, et les classes étaient reparties avec un dépliant que Fern Fields avait créé expliquant le reste.

Un enfant plus jeune entraîna sa sœur aînée à côté de lui.

— Viens. Tu dois voir celle avec l'ours. Les sœurs sont devenues amies avec lui, puis le méchant gnome allait leur faire du mal, mais...

Le reste de l'histoire disparut alors que les deux enfants s'éloignaient, mais Chance en avait assez entendu pour être satisfait jusqu'à la pointe de ses bottes.

La narration avait son importance, quelle que soit la manière dont les gens la faisaient. L'art, ou la musique, ou les livres, ou les fleurs, ou les jeux. Ou de bons vieux contes de fées.

— C'est spectaculaire, chuchota Rose alors qu'elle s'arrêtait près de lui et passait le bras sous le sien. Tu dois être ravi.

— Mes pieds ne touchent plus terre depuis une heure, confirma-t-il en l'embrassant sur la tempe. Merci pour tout ce que tu as fait afin que cette journée soit un succès.

— C'était un travail d'équipe, répondit-elle.

Elle tourna de nouveau la tête vers le portrait qu'il avait fait d'elle.

Les membres de la communauté observaient le portrait, puis regardaient rapidement autour d'eux jusqu'à les remarquer, Rose ou lui, et leur lançaient des sourires entendus.

Mais avec elle blottie contre lui ? Un homme hocha la tête avec approbation, pendant que son épouse poussait un soupir, sa mine exprimant sans l'ombre d'un doute combien elle trouvait cela romantique.

— On va t'aborder partout en ville après ça, la prévint Chance. Ils te demanderont ce que tu fais avec le nouveau venu.

— Heureusement que tu n'as pas représenté la scène de notre véritable première rencontre, ou ils connaîtraient avec force détails une de mes activités régulières en ta compagnie.

Chance se mit à rire, examinant son visage pour apprécier le rougissement qui faisait briller ses joues de plaisir.

— Il se pourrait que je peigne ça un jour, mais pas pour une expo publique.

— Je pourrais vouloir prendre la pose, le taquina Rose doucement.

Il secoua la tête avec véhémence.

— Toi *dans* la pièce pendant que j'y travaille ? Nue ? Ça prendrait une éternité de finir le portrait.

— Tu es pressé ? demanda-t-elle.

Pas vraiment. Plus maintenant, en dehors du besoin lancinant en son for intérieur.

Elle ne l'avait pas dit. *Je t'aime.* Elle avait été tendre, démonstrative et affectueuse, et il savait qu'elle devait le ressentir...

Mais elle ne l'avait pas dit.

La galerie était désormais ouverte, et ils devraient tous les deux avoir moins de travail, en tout cas pendant un moment. Ils pourraient recommencer à sortir officiellement ensemble, partager plus de temps ensemble que de brefs instants volés à la fin de chaque journée avant de se séparer, exténués.

Les toutes nouvelles clés dans sa poche étaient un lourd rappel que les jours avaient passé. Peut-être existait-il un nouvel objectif qu'ils pouvaient se fixer ensemble.

Traverser la salle prit du temps, comme il s'arrêtait pour discuter avec les visiteurs, répondait à des questions sur les prix de vente et sur de futures expositions. Au bout d'un moment, Rose lui étreignit la main et alla saluer quelqu'un qui l'avait appelée.

Il la regarda partir en écoutant la question.

Même s'il n'avait peut-être pas été assez attentif, parce que soudain un poids atterrit sur son épaule tandis qu'un petit rire résonnait à son oreille.

Chance leva les yeux et découvrit Luke Stone qui se tenait près de lui, le bras autour d'une femme menue et mince aux cheveux bruns.

— Désolé. J'étais distrait, avoua Chance.

— C'est comme ça qu'on appelle fixer des yeux les fesses de Rose ? demanda la jeune femme avec un grand sourire.

— *Kelli*, la réprimanda Luke.

— Je dis les choses comme elles sont, répliqua Kelli.

Elle regarda Chance de haut en bas avant de hocher la tête.

— Il est à la hauteur. Surtout après la manière dont je l'ai vu baver sur ma copine.

Luke leva le pouce vers Chance.

— Remercie ta bonne étoile, parce que si la bande de la soirée entre filles n'approuvait pas, tu serais dans une merde sans nom.

— C'est impressionnant, dit Chance en inclinant la tête vers Kelli. J'ai entendu dire que tu étais aux commandes du prochain rassemblement des dames. Choisis une date, et j'organiserai une soirée dans le studio pour que vous vous initiiez à la discipline artistique de votre choix.

— Parfait, dit-elle, le regard espiègle. Des dessins de nus au fusain, ça a l'air amusant.

— Hé oh ! l'interrompit Luke, les sourcils froncés, tout amusement disparu. Qui doit se porter volontaire pour être nu ?

Kelli fit un geste vers Chance.

— Eh bien, c'est *son* studio...

— Fauteuse de troubles.

Luke la balança sur son épaule, Kelli riant d'une voix perçante. Son mari pressa une grande paume sur ses fesses et la maintint en place.

— Laisse-moi descendre, espèce d'homme des cavernes ! Nous sommes dans une galerie d'art chic, pas dans l'écurie, râla Kelli en essayant de relever assez la tête pour regarder Chance.

— Nous sommes une galerie très ouverte d'esprit, lui assura Chance avant de lancer un clin d'œil à Luke. Si vous allez par là, vous trouverez moins de circulation.

Bien que la foule actuellement dans la salle ait semblé particulièrement amusée lorsque Luke inclina son chapeau puis emporta Kelli qui riait.

Lorsque le spectacle inattendu eut quitté l'édifice, Chance monta à l'étage dans le studio interactif où Fern Fields était comme un poisson dans l'eau.

Elle s'intéressait à l'aquarelle et y montrait un certain talent, ce qui pourrait être utile plus tard. Mais pour cette exposition, Chance avait choisi la high-tech. Lorsqu'il avait reçu la livraison d'ordinateurs et lui avait donné les jeux pour qu'elle choisisse ses préférés, la jeune femme l'avait pratiquement écrasé entre ses bras avant de disparaître sur Internet pour commencer.

L'étage était devenu un second labyrinthe, mais à chaque

coin de ce niveau se trouvait une console différente configurée pour jouer et visionner simultanément. Une ou deux personnes occupaient chaque ordinateur ou console, et ce qu'elles voyaient sur les petits écrans apparaissait sur le mur derrière elles. Les écrans en réseau permettaient à tous ceux qui passaient de voir l'art numérique en temps réel, les mondes fantastiques qui étaient désormais une grande partie de la culture et devaient faire partie de l'histoire de l'art actuelle.

Au centre se trouvait un énorme bureau qu'ils avaient transformé en centre de contrôle. Fern venait de terminer d'installer une famille avec des joysticks à l'ancienne dans une des petites alcôves et elle s'approcha pour lui donner des nouvelles.

— Les consoles sont un succès, l'informa Fern. Surtout le programme de réalité virtuelle qui te permet de peindre avec les maîtres. Je pense que Mme Wilson va passer tous les jours pour en essayer un autre.

Chance se tourna lentement, mais comme en bas, tout se déroulait ici sans problème.

— Tu as fait un super boulot, lui dit-il.

— Je suis une super employée, répondit-elle avant de se pencher vers lui. J'ai le job à plein temps, hein ?

— Oui.

— Et ce n'est pas parce que je suis la petite sœur de Rose ?

— C'est parce que tu es brillante dans ce que tu fais, et que je préférerais que tu gères les tâches manuelles qui requièrent des câbles ou des pixels, lui dit Chance honnêtement.

— Manuelles ? Tu veux dire manuelle et prothétique, n'est-ce pas ?

Fern lui lança un clin d'œil.

Il se mit à rire.

— Oui. Exactement de la manière dont tu es équipée, ça fonctionne.

Fern avait l'air tellement ravie qu'elle rayonnait.

— C'est ce que je pensais, mais c'est toujours agréable à entendre.

Elle se détourna pour répondre à la question d'un invité.

Chance repéra Cody, qui venait d'arriver à l'étage.

— Ça va, frangin ? Par ici.

Cody agita la main et s'avança à grands pas, le regard se tournant de toutes parts alors qu'il observait les visages et l'excitation.

— Désolé d'être en retard, mais on dirait que c'est un succès jusqu'ici.

— Ça se passe bien, acquiesça Chance avant d'examiner son frère. Tu portes un costume.

Cody ajusta sa cravate, l'air légèrement mal à l'aise.

— J'ai pensé que c'était le moins que je puisse faire.

— Tu m'as apporté de qui me nourrir pendant que je peignais pour que je ne meure pas de faim. C'était bien au-delà de ton devoir en ce qui me concerne.

Mais Chance hocha la tête avec approbation.

— Ça te va bien, ajouta-t-il.

— Merci. Mais la prochaine fois, mange tout seul. Je ne veux pas devoir porter ça à ton enterrement.

— Mais tu aurais l'air élégant. C'est déjà ça.

Cody roula les yeux.

— Prends mieux soin de toi.

— J'en ai l'intention. Et de Rose.

Elle était en haut des escaliers avec Tansy à ses côtés, toutes les deux approchaient lentement.

Son frère les aperçut aussi.

— Vous allez bien ensemble. Ne merde pas.

— On ne peut pas foirer la destinée, dit Chance d'un ton sage.

— C'est ce que j'ai dit, intervint Fern en apparaissant au bord du bureau. N'est-ce pas, Cody ?

— Fern.

Cody faillit trébucher en reculant. Il eut du mal à garder contenance pendant que Fern le regardait.

— Ça te va bien. Mais ta tenue de cow-boy aussi, fit-elle remarquer.

Son frère semblait avoir perdu sa concentration en plus de son équilibre. Il ouvrit et referma la bouche plusieurs fois, puis toussa légèrement, croisant fermement le regard de Chance.

— Je vais descendre jeter un autre coup d'œil à l'expo. Beau travail. On se voit demain. Fern, à un de ces quatre.

Puis il partit, passant à côté de Rose et de Tansy, qui s'étaient arrêtées à côté du bureau.

— Pourquoi est-il aussi pressé ? demanda Tansy.

— Il fuit la fatalité. Il se dérobe devant la destinée, dit Fern avec aisance. Quelque chose comme ça.

Elle leur lança un grand sourire, puis sautilla pratiquement à travers la pièce pour aller aider à résoudre un problème avec une console.

Rose glissa les doigts entre ceux de Chance.

— Qu'est-ce que nous avons raté ?

— Je ne sais pas trop, admit-il.

Mais avec Rose près de lui, le comportement inexplicable de Cody pouvait être ignoré pour la soirée.

— Tu avais besoin de quelque chose, mon cœur ? demanda-t-il.

— De toi.

Elle posa brièvement la tête contre son bras puis se redressa.

— Et je dois te dire que les Kruger nous ont suivies à l'étage. Ils ont sorti leur portefeuille et laissé entendre qu'il était vital qu'ils achètent la toile en haut du mur sud-ouest avant que quelqu'un d'autre ne les devance.

Il réussit par miracle à retenir un cri de joie.

— Eh bien, je devrais aller voir si je peux les soulager de leurs inquiétudes.

— Et d'un peu de liquide de leur portefeuille, suggéra Tansy avec un sourire narquois. Vas-y. Je vais m'occuper de ta chérie jusqu'à ton retour.

— Je peux m'occuper de moi, marmonna Rose.

Chance s'élançait déjà. Il embrassa d'abord Rose, doucement, profondément et avec une extraordinaire maîtrise, même si c'était lui qui le disait.

Puis, pendant que Rose, encore toute troublée, rougissait, il se tourna vers Tansy et l'embrassa sur la joue.

— Ça marche. Garde le fort, ou quelque chose de style western comme ça.

Laissant Tansy qui ricanait et Rose en émoi, Chance s'éloigna d'un pas pressé, sachant qu'il avait une connaissance solide comme le roc des personnes et des choses qui étaient vraiment importantes.

Il restait juste une dernière touche pour que tous ses rêves deviennent réalité.

15

— Tu sais, dit Tansy en regardant Chance s'éloigner, on ne s'en est pas si mal sorties après tout. Sans pouvoir nous agrandir, je veux dire.

Rose vibrait encore du baiser de Chance. Comment pouvait-on s'attendre à ce qu'elle comprenne ce commentaire sorti de nulle part ?

— Ah bon ?

Sa sœur haussa une épaule.

— Nous avons quand même fini avec un tout nouveau magasin grâce auquel nous diversifier. Moi, avec un service de traiteur en plus. Toi, avec des décorations supplémentaires. Fern a un boulot qui lui permet de travailler en lien avec sa formation et de développer ses talents artistiques. Le tout sans loyer supplémentaire.

C'était vrai si elles voyaient les choses comme ça...

Rose regarda autour d'elle, nullement surprise quand Chance atterrit dans son champ de vision. Comme un aimant, elle était attirée vers lui.

— C'est un tantinet magique.

Tansy passa les bras autour de Rose et la serra fort, lui chuchotant à l'oreille :

— C'est purement magique, oui. Je suis si heureuse pour toi, sœurette ! Un prince mystérieux qui arrive d'une terre lointaine pour t'emmener. Tu le mérites.

Rose lui rendit farouchement son étreinte.

— Je ne vais nulle part.

— Mais si, la corrigea Tansy. Tu avances, et c'est parfait. Tu me manqueras, dit-elle, mais pas trop, parce que nous sommes dans les pattes l'une de l'autre et que tu seras au Buns and Roses tous les jours comme d'habitude, à geindre de tes orgies de sexe.

— Tu es une vraie morveuse, dit Rose en l'embrassant. Et je t'aime.

— Alors tout est pour le mieux dans le meilleur des mondes, répondit Tansy avec un clin d'œil avant de la repousser. Maintenant va-t'en. Tu me contamines avec tes microbes de niaiseries romantiques, et je n'en veux pas. J'aime ma vie de célibataire, merci bien.

Rose heurta quelqu'un, et se retrouva capturée par des mains chaudes et fortes.

— Merci pour le service de livraison, dit Chance. Et merci pour ton super boulot de traiteur. Je te préviendrai un peu plus en avance la prochaine fois.

— La famille et les amis ont un droit de commande à la dernière minute, dit Tansy avant de lancer un coup d'œil à Rose, puis à Chance. On dirait que tu es potentiellement les deux.

Seigneur. Rose repoussa Tansy, espérant que d'autres propos embarrassants ne jaillissent pas de ses lèvres.

— Merci pour tout. On se verra à la maison plus tard.

— Bien sûr, sœurette.

L'amusement de Tansy semblait disproportionné par rapport à sa blague, même pour elle.

— Chance, j'ai chargé le supplément que tu as commandé dans ta camionnette.

Une série de clins d'œil et de grimaces accompagnèrent ses paroles.

Rose soupira d'exaspération.

— Est-ce que tu fais une réaction à quelque chose ?

— Probablement, mais rien de fatal. Bonne nuit, tout le monde, dit Tansy en étreignant Rose encore une fois avant de disparaître entre les autres invités qui partaient.

— C'était bizarre. Même pour Tansy, marmonna Rose.

— Ne t'inquiète pas pour elle. Viens. Tes parents sont dans la cabine de réalité virtuelle, et je pense qu'ils sont sur le point de se perdre dans le labyrinthe de roses au château de la Bête.

Des heures plus tard, la foule était partie. Une énergie restait dans l'air, vivante, avec une étincelle qui vibrait à travers tout le corps de Rose. Mais les voix étaient feutrées, et le studio à l'étage ne bourdonnait plus de lumières et de musique. Fern avait tout éteint puis en avait tapé cinq à Chance, avait étreint Rose et était rentrée chez elle avec un sourire satisfait.

Enfin seuls ! Chance dansa un slow avec Rose à travers la galerie, l'odeur suave des roses s'attardant dans l'air. C'était le calme après la tempête, et les deux avaient été incroyables.

La chanson se termina, et il déposa un baiser sur sa tempe.

— Tu es prête à partir ?

— Je pense.

Rose regarda autour d'elle, mais la galerie était déserte.

— Tu me raccompagnes ?

Oui, elle habitait à côté, mais c'était pour le principe.

Il l'attira vers la porte de devant au lieu de celle de derrière.

— Et si on allait faire un tour d'abord ?

Rose le suivit volontiers et grimpa dans sa Bronco. Elle attendit qu'ils soient sur la route avant de lancer les questions.

— Qu'est-ce qui se passe maintenant ? Combien de temps est-ce que tu vas garder cette exposition ? Quel est le thème de la prochaine ? Quels cours est-ce que tu vas donner ensuite ?

Il eut un petit rire.

— Tu es censée être fatiguée. Nous parlerons de tous les détails plus tard, mais pour commencer, j'ai pensé que j'allais changer d'exposition tous les trimestres. Je n'ai pas encore de thème fixé pour la prochaine, mais je pense à quelque chose de plus rural. Des images de Heart Falls contrastant avec des scènes d'art classiques pour prouver aux récalcitrants de la communauté qu'ils vivent déjà plus ou moins dans une peinture, alors qu'ils pourraient aussi bien connaître les noms de quelques-uns des maîtres. Et Fern rassemble les suggestions pour des cours, alors tu pourras voir ça avec elle.

Il prit un virage sur la route qui menait chez ses parents. Rose se demanda si elle avait raté une note au sujet d'une réunion après le vernissage.

Seulement, il passa devant la maison familiale, puis prit deux fois sur la gauche, s'arrêtant devant une maison avec une seule lumière allumée sous le porche et un panneau *À Vendre/VENDU* sur la pelouse.

Chance leva une main en l'air, les clés pendant de ses doigts.

— Je les ai eues hier.

Rose les prit dans sa main. Son cœur recommençait à s'emballer.

— Oh.

Il inspira profondément.

— Tu veux rentrer avec moi à la maison ?

Lorsqu'il marqua une pause et leva le sac de voyage de Rose du siège arrière, elle se mit à rire.

— C'est Tansy qui a emballé ça ?

— Oui. Je ne sais pas si c'est ce dont tu auras besoin pour passer la nuit ni s'il y a un stock de cookies.

Rose glissa les doigts entre les siens.

— L'un ou l'autre fonctionne pour moi.

Ils remontèrent ensemble l'allée main dans la main, l'air chaud du mois d'août chargée d'un agréable parfum familier.

Elle s'arrêta et se retourna pour en repérer la source.

— Des rosiers.

— Beaucoup, acquiesça Chance.

Il lui vola les clés, ouvrit la porte et lui fit signe d'entrer.

Des lumières s'allumèrent derrière elle, puis tous deux se promenèrent dans les pièces vides. Un grand salon, un magnifique coin petit déjeuner près de la cuisine, avec des portes qui s'ouvraient sur le jardin. Une cuisine à rendre Tansy jalouse. Une salle de jeux et deux chambres en bas. D'autres chambres à l'étage.

— Tu pourrais faire emménager une équipe de football ici, le taquina Rose.

Il ouvrait la porte de la chambre principale, alors les mots prononcés doucement s'éloignèrent d'elle en flottant. Malgré tout, elle les entendit.

— *Ce n'est pas eux que je veux voir emménager...*

Cette pièce contenait les seuls meubles qu'elle ait vus jusque-là : un matelas gonflable fait avec des draps violet foncé et une couette couleur crème couverte de fleurs de toutes les teintes de violet.

— Tu t'es détaché du thème des roses, le taquina-t-elle en indiquant la couette.

Chance l'attira contre lui.

— Je ne veux qu'une Rose dans mon lit.

Quel homme tendre et merveilleux !

Le plaisir la gagna, d'abord léger mais grandissant

rapidement. Incapable de se retenir, et ne tenant pas à se forcer, elle pressa les paumes contre ses joues.

Elle se pencha lentement et le regarda dans les yeux jusqu'à ce qu'elle ne puisse plus voir, seulement ressentir, alors que leurs lèvres s'unissaient et que le lien entre eux s'embrasait de nouveau.

Mais cette fois, lorsqu'elle recula, elle ne lâcha pas prise. Pas sur son visage ou ses mains, mais sur la sensation en elle qui disait que c'était naturel et parfait. Que la façon dont ils avaient commencé n'avait pas d'importance, ni le peu de temps écoulé, mais que la manière dont ils avançaient était extrêmement importante.

— Je vais t'offrir un cadeau de pendaison de crémaillère, annonça-t-elle.

Chance lui lança un grand sourire.

— Je l'adore déjà.

Un éclat de rire échappa à Rose.

— Je m'en doute. Je vais t'acheter un lit. Parce que tu n'en as pas, et je n'ai qu'un lit une personne, et si j'emménage avec toi, je veux quelque chose de confortable. Le matelas gonflable est joli, mais ça deviendra lassant très vite.

Il écarquilla les yeux. Bouche bée, il resta là, silencieux.

Pendant approximativement trois secondes.

Puis il la fit tournoyer dans la pièce presque vide.

— Dieu merci, dit-il, avant de le répéter à plusieurs reprises.

Rose rit plus fort, lui agrippant les épaules et tenant bon jusqu'à ce qu'il la repose enfin sur le sol.

Il prit ses mains dans les siennes.

— Tu es vraiment prête ? À emménager ? Nous avions dit que nous irions lentement.

— Ça fait deux semaines. C'est des mois en années canines. Des siècles pour une mouche. Une vie entière pour nous. En plus, nous serons au lit ensemble presque toutes les nuits, de toute façon, dit-elle honnêtement.

L'expression de Chance se fit sérieuse.

— J'ai beau aimer le sexe, et j'adore vraiment ça, ce n'est pas ce que je désire le plus. Je veux continuer à en apprendre plus sur toi. Partager plus de choses, trouver des rêves à poursuivre. Je veux me réveiller le matin près de toi, aborder chaque jour et trouver de nouveaux aspects à aimer chez toi. *Avec* toi.

La gorge de Rose se serra.

— Je sais que ce n'est pas uniquement pour le sexe. C'est pareil pour moi. Tu m'as montré sans arrêt cet été que tu tiens à moi, par de petits et de grands gestes, et je suis stupéfaite et reconnaissante.

Il les fit danser lentement sur une musique inaudible, la balançant contre lui dans la pièce presque vide.

— Je veux fonder une famille avec toi. Élever des enfants, et profiter de tes parents, et passer du temps avec tes sœurs et tous ceux que ta famille attire dans le tourbillon d'amour que vous avez tous créé.

Bonne description.

— Ta famille aussi. Cody, et tes parents quand ils viendront en visite.

— J'ai hâte, répondit Chance en tenant ses doigts contre ses lèvres. Rose ? Est-ce que tu vas me le dire maintenant ? Enfin, tu devrais dire à l'homme avec qui tu emménages que tu l'aimes. Directement, admettre la vérité. Je te promets que je serai là pour te rattraper, même si ça t'effraie.

Rose resta immobile, totalement perplexe.

— Qu'est-ce que tu veux dire ? Tu sais ce que je ressens. Je l'ai déjà dit.

Non ?

Il les faisait tourner tout doucement désormais, l'étreignant d'aussi près que deux personnes peuvent le faire avec leurs vêtements sur le dos.

— Tu as dit que tu ressentais la même chose que moi. Tu as montré l'émotion, mais tu ne l'as jamais dit directement. J'ai besoin des mots, mon cœur. J'en ai terriblement besoin.

Comment, elle n'avait pas...

Non, ce n'était pas le moment de culpabiliser. Pas avec l'homme dont elle était à cent pour cent amoureuse qui se tenait là, avec tant d'espoir dans les yeux.

Il valait mieux qu'elle fasse ça bien.

Elle passa les bras autour de son cou.

— Chance Gabrielle ?

— Oui, Rose Fields ?

Elle prit une lente inspiration profonde...

Elle croisa son regard.

— Tu es le battement de mon cœur. L'eau dans le vase. La peinture sur le pinceau. L'épice dans la sauce. Les pixels dans... un truc d'ordinateur.

Les lèvres de Chance tressaillirent, et elle continua, ralentissant et s'appliquant à mettre toute l'émotion possible dans ses mots :

— Tu es tout ce qui fait que se lever et commencer une nouvelle journée en vaut la peine. Je t'aime, et j'ai hâte de te le dire tous les jours à partir de maintenant.

Chance ferma les yeux, souriant gentiment alors qu'il inspirait, comme s'il savourait ses paroles.

— Ça ? C'était parfait.

Presque. Tellement, tellement proche de la perfection. Rose recula pour le regarder puis revint dans ses bras.

— J'ai encore une question pour toi.

Il haussa un sourcil.

— Tu veux m'embrasser ? demanda-t-elle, d'un ton bas et sensuel.

La passion s'embrasa de nouveau, et Chance la souleva du sol.

— Laisse-moi nous trouver un endroit privé pour pouvoir répondre minutieusement à cette question.

Il la posa sur le matelas gonflable, et ils se mirent tous deux à rire lorsqu'il se balança et trembla sous leur poids.

Rose l'attira contre elle.

— Je t'aime.

Les yeux de Chance s'illuminèrent, alors elle le répéta. Avec des mots, leurs corps et leurs cœurs battants.

Une nuit de plus sur le chemin menant à l'éternité.

Vivian Arend, auteure de best-sellers au classement du *New York Times*, vous invite à Heart Falls. Même après la fin de l'histoire, *leurs* histoires continuent. Cette série d'instantanés et de novellas se déroule dans l'univers de Heart Falls et met en scène des couples et personnages annexes déjà rencontrés.

Recueil de nouvelles Heart Falls
Tome 1 : Trois mariages et un bébé
Tome 2 : Soirée entre filles
Tome 3 : Une nuit qui change tout
Tome 4 : Rendez-vous avec le destin
Tome 5 : Chaleur à Heart Falls

Vivian fait actuellement traduire ses nombreuses séries. Merci de consulter son site web pour toutes les dernières informations.
www.vivianarend.com/fr

À PROPOS DE L'AUTEUR

Avec plus de 3 millions de livres vendus, Vivian Arend est une auteure de best-sellers figurant aux classements du New York Times et de USA Today. Elle a écrit plus de 70 romances contemporaines et paranormales.

Ses livres sont des romans intégraux qui peuvent se lire indépendamment de toute série et ne se terminent pas sur un suspense. Ce sont des histoires pleines d'humour et d'émotions, avec des moments sensuels et des fins heureuses. Vivian estime avoir le plus beau métier au monde. Elle habite en Colombie-Britannique, au Canada, avec son mari depuis plusieurs années (l'inspiration de chacun de ses héros et un compagnon volontaire pour toutes sortes d'aventures).